いつか世界を救うために
―クオリディア・コード―

橘 公司
(Speakeasy)

2343

口絵・本文イラスト　はいむらきよたか

いつか世界を救うために

—クオリディア・コード—

橘公司（Speakeasy）

Illustration
はいむらきよたか

序章／1　観察者《オブザーバー》

物事は全《すべ》て観察から始まる。

それは、紫乃宮晶《しのみやあきら》――シノが常々心の中に留《とど》めていることであった。

人間は環境《かんきょう》の情報の大半を視覚から得ているという。その割合は、一説には八割とも九割とも言われている。

ならば、特定の対象を詳《くわ》しく知ろうとしたとき、最初にやることは決まっていた。

そう――『見る』ことだ。

百聞は一見に如《し》かず。一度見ることは、百度聞くことに勝《まさ》る。

冷静に考えてみればとんでもないレートであるが、その言葉が大げさでないことは、通常の社会生活を送っている人間であれば誰でも理解できるに違いなかった。

それほどに、視覚の役割は大きい。人間の持ちうる他の五感――嗅覚《きゅうかく》も味覚も触覚も、速やかに対象の情報を得るという一点においては視覚に劣る。

だから、シノは見ていた。

通気口《こう》の中から。

女の子の部屋を。

「…………」

息をひそめながら、通気口の金網《かなあみ》越《ご》しに部屋の中を見下ろす。

高級ホテルの一室のような、広い部屋である。床《ゆか》には塵《ちり》一つ落ちていないのだが、その代わりと言わんばかりに、天蓋《てんがい》付きの大きなベッドや、精緻《せいち》な意匠《いしょう》の施《ほどこ》された棚《たな》の上には、ぬいぐるみや小物などが所狭《ところせま》しと並べられていた。

きっと、部屋の主とは別の人物が掃除《そうじ》をしているのだろう。片付けはするものの、家主の許可なく物を処分するわけにもいかないため、棚の上が誕生日ケーキのようにデコレーションされてしまっているのだ。

「──ふんふふーん、ふんふんふんふーん」

シノが部屋の様子を窺《うかが》っていると、へたくそな鼻歌を歌いながら、一人の少女が視界に入り込んできた。

色素の薄《うす》い髪《かみ》を二つに括《くく》った少女である。前髪が煙《けぶ》る貌《かお》はこれまた白く、その直中《ただなか》に鎮《ちん》座《ざ》する双眸《そうぼう》のみが、血のように赤く色づいていた。

身長は一四〇センチ半ばといったところだろうか。確か肉体年齢《ねんれい》は一七、八であったはずだから、同年代の少女たちと比べてもかなり小柄《こがら》である。体格に見合った手足は細く、何の冗談《じょうだん》でもなく触《ふ》れれば折れてしまいそうに見えた。

しかし。彼女がその深窓《しんそう》の令嬢《れいじょう》の如《ごと》き華奢《きゃしゃ》な身体《からだ》に纏《まと》っているのは、都市防衛の任を帯びていることを示す純白の制服と、大仰《おおぎょう》な肩章《けんしょう》で飾《かざ》られた外套《がいとう》であった。

──天河舞姫《てんかわまいひめ》。

シノは、確認《かくにん》するようにその少女の名を思い浮《う》かべた。

そう──防衛都市神奈川《かながわ》序列第一位・天河舞姫。

この都市の中で、最強を誇《ほこ》る少女の名を。

──シノが殺さねばならない少女の名を。

「ふんふふふーん」

シノがじっと観察を続けていると、舞姫が鼻歌を続けながら、肩掛《かたが》けにしていた外套を脱《ぬ》ぎ、ハンガーに掛けた。次いで、制服のボタンを順に外していく。

きっと、部屋着に着替《きが》えるつもりなのだろう。ジャケットを脱ぎ、ネクタイを緩《ゆる》め、シャツのボタンに手をかける。

「……！」

シノは目を見開くと、姿勢を低くして通気口の金網に顔を近づけた。

それはそうだ。こんな至近距離《しきんきより》で天河舞姫の裸体《らたい》を目にできる機会など、そうはない。

とはいえ、シノの頭の中にある思考は、一般《いっぱん》的な思春期の学生が抱《いだ》く感情とは少々異なっていた。

「……上腕《じょうわん》、前腕、ともに平均未満。あの腕であの膂力《りょりょく》。信じられん」

シノは、舞姫に勘付《かんづ》かれないくらいの声で、ブツブツと呟《つぶや》いた。

「あっ、忘れてた」

そんなシノの存在にまったく気づいていない様子でシャツとスカートを脱ぎ捨てた舞姫は、不意にそんな声を上げると、下着姿のままクローゼットの方に歩いていった。

「………………」

シノは、視線を鋭《するど》くしてそれを見つめた。舞姫の胸（というか胸筋）や、お尻《しり》（の下から伸《の》びる大腿筋《だいたいきん》の動き）を。

舞姫はクローゼットに頭を突《つ》っ込むと、しばしの間もぞもぞしたのち、中から一着の部屋着を取り出し、ベッドの上に広げた。

「ふんふふーん」

そして、鼻歌を再開させ、ブラジャーのフロントホックに手を掛ける。

「――おお」

シノは思わず身を乗り出した。

すると、その瞬間《しゅんかん》。

「……ん？」

手を突いていた場所からミシ、という音がしたかと思うと、次いで金網を留めていた金具が外れ、シノはそのまま舞姫の目の前に落下した。

「わっ⁉」

突然《とつぜん》のことに、舞姫が素《す》っ頓狂《とんきょう》な声を上げる。

だがそれも無理からぬことだろう。何の前触《まえぶ》れもなく自分の部屋に人が一人落ちてきたのだ。

「…………」

シノはそんな舞姫に反して、落ち着き払《はら》った様子で姿勢を正した。

無論、まったく動揺《どうよう》していないかといえばそんなことはない。相手は都市最強の戦士である。対応を誤れば命はなかった。

しかし、動揺を相手に気取《けど》られるのは悪手《あくしゅ》である。狼狽《うろた》えるシノは舞姫に気づかれぬように呼吸を整え、何事もなかったかのように表情を取り繕《つくろ》った。

「な、何してるの……？」

舞姫は未《いま》だに混乱が収まらない様子で言ったのち、ハッと目を見開いて部屋着を手に取り、自分の身体を覆《おお》い隠《かく》すように肩をすぼめた。どうやら、一拍《いっぱく》おいて自分が半裸《はんら》状態であることに気づいたらしい。すぐに、顔がかあっと赤くなる。

「待て。落ち着け」

シノは表情を変えぬまま、舞姫を制するように手を広げた。

そして、淡々《たんたん》と言う。

「道に迷った。気づいたら通風口に出ていただけだ。やましいことは一切《いっさい》ない」

すると舞姫は、キョトンと目を丸くしたのち、

「――なんだ、そっかあ」

心底ホッとした様子で、はあと息を吐《は》き出した。

「まったく、気を付けないと駄目《だめ》だぞー。いきなり落ちてきたら驚《おどろ》くし、危ないし」

「すまない。今後は注意する」

「ん。……あ、出口そっちだよ」

「ああ。では」

シノは小さくうなずくと、そのまま立ち上がり、ゆっくりとした歩調で部屋を出ようとした。

と、シノが部屋の扉《とびら》を開けると、今まさに部屋に入ろうとしていたらしい眼鏡《めがね》の少女と出くわした。

「きゃっ」

突然、ノックしようとしていた扉が開いて驚いたのだろう。少女が小さな悲鳴を上げる。

「失敬」

シノは短く言うと、少女の脇《わき》を擦《す》り抜けるようにして廊下《ろうか》を歩いていった。

少女はしばしの間呆然《ぼうぜん》としていたようだったが……すぐに後方から、舞姫と会話を交《か》わすのが聞こえてくる。

「あ、あの、今のは……」

「ああ、うん、道に迷って通気口に出ちゃったんだって」

「ええと……その格好は？」

「ん？　着替えようと思って。それより、この金網直るかな？　ネジ外れちゃってるけど」

「いや、あの、たぶんそれって……」

「え？」

それから数秒後。

バサバサッという荒《あら》っぽい衣擦《きぬず》れの音がしたかと思うと、すぐに、後方から顔を真っ赤に染めた舞姫が走ってきた。

「待て。落ち着──」

「うがああああああああああああああっ！」

舞姫は猛獣《もうじゅう》のような叫《さけ》び声《ごえ》を上げると、シノの顔面を殴《なぐ》り付けた。


「ん……」

次に目を開けたとき、視界に飛び込んできたのは、見慣れた部屋の天井《てんじょう》だった。

「あ、起きた？」

響《ひび》いてきたのは、これまた聞き覚えのある声音《こわね》である。目をやると、そこに髪を一つに括った少女が座っていることがわかる。

凛堂《りんどう》ほたる。シノと同じく、この神奈川に派遣《はけん》されたエージェントである。

「ほたる」

「よかった。記憶《きおく》は残ってるみたいね」

シノが名を呼ぶと、ほたるが冗談めかした調子で返してきた。

ゆっくりと身を起こす。妙《みょう》に痛む頬《ほお》に手を当てると、そこに分厚い湿布《しっぷ》が確認できた。

「だから無茶だって言ったのに。やっぱり、不用意な接近は危険よ」

ほたるが、糾弾《きゅうだん》するような調子で言ってくる。そういえば、ほたるは最初から舞姫との接触《せっしょく》には反対姿勢を取っていた。

確かに彼女の言うこともっともである。否《いな》、それどころか通常であれば最適解といってもいい。

しかし、今回の仕事においては、その常識は通用しなかった。ゆっくりと首を横に振《ふ》る。

ほたるがやれやれとため息を吐《つ》いた。

「死んでも知らないわよ」

「そう言うな。それだけの収穫《しゅうかく》はあった。やはり至近距離での観察は必須《ひっす》だ。それに――」

「それに？」

ほたるが首を傾《かし》げてくる。シノは、頬に貼《は》られた湿布を押さえながら言葉を続けた。

「やはり、奴《やつ》は自分の秘密を知られることを極端《きょくたん》に恐《おそ》れている。そしてあの攻撃性《こうげきせい》――危険な人物であることに間違《まちが》いはないようだ」

「うーん……と」

シノが大真面目《おおまじめ》な顔で言うと、ほたるはなぜか頬に汗《あせ》を垂らした。

序章／2　ヒメとほたる

――よくわからないけれど、どうやら世界は終わるらしい。

見たことのない色に染まった空の下《もと》で、少女が二人、臨海《りんかい》公園のベンチに座って水平線を眺《なが》めていた。

辺りに人の姿はない。それはそうだ。いつ『敵』が攻《せ》めてくるかわからないこの状況《じょうきょう》で好きこのんで外を彷徨《うろつ》く人間なんて、火事場泥棒《かじばどろぼう》か夢遊病者くらいのものだろう。

まあ、別々の避難所《ひなんじょ》に収容されてしまった恋人《こいびと》たちが、逢瀬《おうせ》のために危険に身を晒《さら》すなんてことがないとも限らなかったけれど。

実際、ヒメとほたるの二人も、前の二つよりはそちらに近かった。

「――ほたるちゃん」

「ん、なに、ヒメ」

ヒメが名を呼ぶと、ほたるは静かな声で応えた。

でも、ヒメは次の言葉を発せなかった。別に、何か言いたいことがあったわけではなく、ただ、自分の隣《となり》に、ほたるがいるという証明が欲《ほ》しかっただけなのだ。

ほたるはそれを察したように微笑《ほほえ》むと、ヒメの手に自分の手を重ねた。

「静かだね」

ほたるが、海を眺めながら言ってくる。ヒメはこくんと首を倒《たお》した。

「……うん」

慌《あわ》てふためく人々とは正反対に、海は大きな波もなく、静かに凪《な》いでいる。幾度《いくど》となく二人で見た景色そのままに。

二人落ち合う場所にここを選んだのは、いつも遊んでいたからという単純な理由であったけれど、もしかしたら心のどこかで、そんな海の景色を最後に見ておきたいという願望があったのかもしれなかった。様変わりしてしまった世界の中で、この眺望《ちょうぼう》だけは前と変わらぬ顔を見せてくれると思ったから。

「こうしてると、今起こってることが嘘《うそ》みたい」

「そうだね。……嘘なら、よかったのに」

ヒメが言うと、ほたるは手を握《にぎ》る力を少しだけ強めた。

ヒメもほたるもまだ幼い。実際、今世界に何が起こっているのかを詳しく知っているわけではなかった。

否。それどころか、今の状況を正確に把握《はあく》できている人間なんて、この世に一人もいないのではないか。

ただ、今の世界が、二人の知っているものとは違うものになってしまったということだけは、なんとなく理解できていた。

今からおよそ三年前の六月。世界に『敵』が現れた。

それが何者かはわからない。どこから現れたのかもわからない。見たことのない生き物が、見たことのない機械に乗って、街を滅茶苦茶《めちゃくちゃ》に破壊《はかい》したのだ。

偉《えら》い人たちは何やらその『敵』に難しい名前をつけていたようだけれど、結局〈アンノウン〉なんて俗称《ぞくしょう》が一般化《いっぱんか》してしまった。

最初はどこかの国が未知の兵器を使って敵性国家を攻撃したのでは、なんて考えが支配的だったらしいが、各国がそんな議論に熱を上げている最中《さなか》も〈アンノウン〉は気まぐれに現れ、破壊の雨を降らせていった。

結局、各国が手を取り合ったのは、容疑をかけられていた主要国家の軍事施設《しせつ》が、粗方《あらかた》被害《ひがい》を受けたあとだった。

とはいえ、それを間抜《まぬ》けと罵《ののし》ることもできまい。宇宙人だとか異世界生物だとかが攻めてきただなんて荒唐無稽《こうとうむけい》なことを、立場のある人間がそう簡単に口にできるはずがない。

だが、人類はもう認めざるを得なかった。常識の埒外《らちがい》にいるものが、敵意を持って己《おのれ》の前に現れたということを。

果たして、宣戦布告も開戦の詔勅《しょうちょく》もなく、世界は『よくわからないもの《アンノウン》』との戦争を余《よ》儀《ぎ》なくされた。

そしてそれに当たって、老人や子供などの非戦闘員《せんとう》をコールドスリープさせて地下シェルターに収容しようという計画が持ち上がったのだ。

人体の細胞《さいぼう》を破壊しない安全安価なコールドスリープ技術、そしてそこからの蘇生《そせい》技術が確立したのは今からわずか五年ほど前のことであったが、まさかこんなにも早く活躍《かつやく》の舞台《ぶたい》が巡《めぐ》ってくるとは、当の技術者も思わなかったろう。

いつどこに現れるかわからない未知の敵を相手取る戦争だ。確かに地下に避難《ひなん》していた方が安全であるし、眠《ねむ》らせていた方がコストもかからない。効率的な方法ではあった。

だが、冷凍《れいとう》保存されるのが怖《こわ》くないかと言われれば嘘になるし、そもそも未知の敵相手に、シェルターが十全の役割を果たすかどうかさえもわからなかった。

小学生の二人にとってそれは、今生《こんじょう》の別れに思えて仕方なかったのである。

だから、コールドスリープを明日《あす》に控《ひか》えた今日この日、ヒメとほたるは避難所を抜《ぬ》け出して、ここにやってきていたのだ。

「明日……かあ。やだなあ」

ヒメが言うと、ほたるが困ったように眉《まゆ》を八の字にした。

「仕方ないよ。私たちは戦争の役には立てないから」

「そうだけど……なんで私だけ別のシェルターなんだろう。ほたるちゃんもマリちゃんも一区なのに」

そう。子供全員を一つのシェルターに収容することは不可能であるため、必然的にいくつかの施設に割り振られることになるのだが……ヒメとほたるは別の場所に収容されることになってしまったのである。ヒメの不安は、コールドスリープそのものよりも、それに対しての方が大きかった。

もしも〈アンノウン〉の攻撃で、どちらかのシェルターが破壊されてしまったら、ヒメはもうほたるたちと二度と会えなくなってしまうのである。

「ほたるちゃんと一緒《いっしょ》じゃないと……怖いよ」

「大丈夫《だいじょうぶ》だよ。ヒメは強い子だから」

「強くなんてないよ。私、ほたるちゃんがいないと」

震《ふる》える声で言うと、目からはぽろぽろと大粒《おおつぶ》の涙《なみだ》がこぼれ落ちる。ヒメの方が少しだけお姉さんなのに、いつもこうだ。ヒメは右手の甲《こう》でごしごしと目を擦《こす》った。

「大丈夫」

ほたるは、重ねた手をきゅっと強く握ると、ヒメの肩《かた》にもう片方の手を当て、ヒメを自分の方に向かせた。

「きっと……ううん、絶対、また会えるから。大人の人たちが、〈アンノウン〉なんてやっつけてくれるから」

「本当？」

「本当だよ。私がヒメに嘘ついたこと、ある？」

「……ううん」

ヒメは首を横に振った。ほたるが、ニッと微笑む。

「戦争が終わったら、またここで会おう」

「うん……絶対だよ？」

「うん。約束」

言って、ほたるが小指を差し出してくる。

ヒメは、それに応ずるように小さくうなずいてから、同じように小指を伸《の》ばし、ほたるの小指に絡《から》ませた。

第一章　剣《けん》の都市の姫《ひめ》

「畜生《ちくしよう》……なんだってこんなことに——！」

少年は、悲鳴と怨嗟《えんさ》の混じった声を上げながら、絶望で醜《みにく》く飾《かざ》り立てられた景色を見つめていた。

少年の周囲には、二名の仲間と——目算で五〇を超《こ》えるであろう異形《いぎよう》の生物が存在していたのである。

身《み》の丈《たけ》三メートル近い巨大《きよだい》な体軀《たいく》。人の胴回《どうまわ》りほどあろうかという太い腕《うで》と、それに対して細い足。体表は金属とも樹脂《じゆし》ともとれない不思議な物質で覆《おお》われており、人間でいう頭部にあたる箇所《かしよ》には、前衛芸術家が戯《たわむ》れに作ったオブジェのようなものがついていた。

一応人型と言えなくはない形をしているのだが、そのアンバランスなシルエットは、極端なディフォルメを施《ほどこ》されたカートゥーンのキャラクターを思い起こさせた。

そのような異様な生物が、地球の生態系に含《ふく》まれるはずはない。

第一種災害指定異来生物——〈アンノウン〉。

今からおよそ二九年前、突如《とつじょ》として世界に現れた正体不明の『敵』である。

「くそッ、何が美味《おい》しい場所だよ！　こんなん聞いてねえぞ！」

「うるせえ！　元はと言えばおまえがポイント稼《かせ》ぎてえっていうから……！」

「止《や》めて！　そんなことしてる場合じゃないでしょ！」

少女が悲鳴じみた声を上げて制止してくる。少年はぎりと奥歯を嚙《か》みしめ、こちらの様子を窺《うかが》うように展開した〈アンノウン〉たちを睨《にら》み付けた。

だが、〈アンノウン〉がそんなことで怯《ひる》んでくれるはずはなかった。何やらキィキィという音を、身体《からだ》のどこかから発しながら、ゆっくりゆっくりと距離《きょり》を詰《つ》めてくる。

この耳障《みみざわ》りな音は、〈アンノウン〉同士が意思疎通《いしそつう》を図《はか》る際の鳴き声のようなものだと言われている。

恐《おそ》らく、算段をしているのだ。――少年たちをどう処理するかの。

「ぐ……」

少年は、震える手で武器の柄《え》を握った。

――本来、こんなことになるはずではなかったのだ。

湾岸《わんがん》防衛都市の一つである神奈川《かながわ》学園に所属する少年たちは、独立遊撃《ゆうげき》隊として活動していた。

とはいえ、進んで危険を冒《おか》そうだなんて覚悟《かくご》があったわけではない。東京湾《とうきょうわん》ゲートから現れる本隊とは別に、時折沿岸部にまばらに現れる〈アンノウン〉を狩《か》ってポイントを稼ぎ、学内ランクを上げるのが目的だったのである。

今日の仕事も、いつも通り終わるはずだった。

観測されていた〈アンノウン〉の数は、一般的な人型──オーガ級が五体。対して彼らの遊撃隊は一〇名。油断さえしなければ、そう難しくない相手である。

だが、彼らが沿岸部に現れた〈アンノウン〉と交戦している間に、いつの間にかその一〇倍近い数の〈アンノウン〉に、辺りを取り囲まれていたのだ。

そして、瞬《また》く間《ま》に隊の仲間七名が、〈アンノウン〉に捕獲《ほかく》されてしまった。

確証はないが──恐らく少年たちは、罠《わな》にかけられたのだ。

〈アンノウン〉たちが、キキキキキ、とノイズのような音を発する。まるでそれは、少年たちを嘲笑《あざわら》っているかのようだった。

「──舐《な》めんじゃねえぞ、化物がぁぁぁぁッ！」

少年は怒声《どせい》を発すると、手にした武器を振《ふ》りかぶった。長い柄の先に殴打用《おうだ》の鉄塊《てっかい》がついた、いわゆる戦棍《メイス》型の出力兵装である。

首筋に意識を集中させる。そこを起点として、全身の回路に力を流し込むイメージ。

少年は地を蹴《け》ると、目の前に立っていた〈アンノウン〉の眼前まで飛び上がり、戦棍《メイス》を振り下ろした。

瞬間《しゅんかん》、戦棍《メイス》から光が迸《ほとばし》り、〈アンノウン〉の肩口を盛大《せいだい》に抉《えぐ》る。〈アンノウン〉が、悲鳴を上げるように甲高《かんだか》い音を発した。

「どうだ、見やがっ――」

少年は吐《は》き捨てるように言おうとし、言葉を止めた。

一体を仕留めた少年目がけて、左右から〈アンノウン〉が迫《せま》っていたのである。

「危ない！」

ドン、という衝撃《しょうげき》とともに、少年は前方に突《つ》き飛ばされた。一拍《いっぱく》おいて、背後にいた少女が、少年の背を押したことがわかる。

「あ――」

〈アンノウン〉の手から、何やら粘性《ねんせい》の物質が射出され、少女の身体を包み込む。少女はしばしのあいだ藻掻《もが》いていたが、すぐに昆虫《こんちゅう》の繭《まゆ》のように動かなくなった。

「この……！」

少年は立ち上がると、再び武器を振り上げた。が、その瞬間、戦棍《メイス》の柄頭《つかがしら》に粘性の物質が射出され、少年の手から武器を奪《うば》う。

「あ、あ……」

〈アンノウン〉が、少年に迫る。

少年は、震えた声を発してその場に膝《ひざ》を突いた。

――が、次の瞬間。

「え……？」

少年の視界を何かが一閃《いっせん》したかと思うと、少年に迫っていた〈アンノウン〉たちの身体に斜《なな》めに線が入り、そのまま綺麗《きれい》に二つに分かたれた。

否。少年に迫っていた個体のみではない。少年たちを囲うように展開していた五〇体あまりの〈アンノウン〉が、一瞬にして全《すべ》て撫《な》で斬《ぎ》りにされていたのである。

「な、なんだ……これ……」

瞬きの間に築かれた〈アンノウン〉の亡骸《なきがら》の山に、少年は目を丸くするしかなかった。


「…………」

海岸沿いに建てられた監視塔《かんしとう》の上で。

遥《はる》か遠くに見える〈アンノウン〉が全て沈黙《ちんもく》するのを確認《かくにん》してから、紫乃宮晶《しのみやあきら》は手にした刀型の出力兵装を翻《ひるがえ》した。

一瞬、鏡のように磨《みが》かれた刀身に、自身の相貌《そうぼう》が映り込む。

コールドスリープ期間を除いた肉体年齢《ねんれい》は一七歳程度であったはずだが、剣呑《けんのん》な視線のためか身に纏《まと》う雰囲気《ふんいき》のためか、少し年上に見られることが多かった。己《おのれ》を睨み付けるかのような鋭《するど》い双眸《そうぼう》に、堅《かた》く結ばれた唇《くちびる》。あまり手入れをしていない伸ばしっぱなしの前髪《まえがみ》がそれを覆い隠《かく》そうとしていたが、それが逆に、木々の合い間から顔を覗《のぞ》かせる鬼《おに》か何かを思い起こさせた。

「お見事、シノ」

聞き慣れた声音《こわね》が、シノの鼓膜《こまく》を震わせる。

後方を見やると、そこに一人の少女が立っていることがわかる。背にかかるくらいの髪を一つに纏めた、優《やさ》しそうな風貌《ふうぼう》の少女である。シノに倣《なら》って遠方を眺めていたのか、手に厳《いか》つい双眼鏡《そうがんきょう》を携《たずさ》えていた。

「どうでした先生、手応《てごた》えのほどは」

少女——ほたるが冗談《じょうだん》めかすような調子で言ってくる。シノは小さく息を吐くと、刀を鞘《さや》に収めた。チン、という乾《かわ》いた音が、辺りに響《ひび》く。

「別に、いつも通りだ」

「うわー、格好いい。言ってみたいなーそういう台詞《せりふ》」

「……………」

「怖《こわ》い顔しないでよ。一応褒《ほ》めてるんだから」

ほたるが肩《かた》をすくめながら言ってくる。

別に怖い顔をしたつもりはなかったのだが、彼女の目にはそう映っていたらしい。シノは自分の固い頬《ほお》に触《ふ》れるようにしながら踵《きびす》を返した。

「あ、もう帰る？」

「仕事は終わった。長居する必要もないだろう。それに――」

シノが言いかけたところで、ほたるが「ああ」とうなずいた。

「そういえば金屋《かなや》課長から通信が入ってたね。また任務かな？」

「だろうな」

言いながら、ちらと左方を見やる。『ゲート』から現れる〈アンノウン〉を監視《かんし》するために建造された監視塔からは、辺り一帯の様子を一望することができた。

とはいえ――それはあまり美しい景色とは言えなかった。

何しろ、周囲に広がっているのは、滅茶苦茶《めちゃくちゃ》に破壊《はかい》された都市の残骸《ざんがい》だったのだから。

巨大な建造物や何台もの車両を一緒《いっしょ》くたにしてミキサーにかけ、辺りにばら撒《ま》いたかのような惨状《さんじょう》である。縦横に走った道路は、最低限の移動、輸送に使う箇所だけが優先的に修復されていたが、大部分は手つかずのままだった。もしも怪獣《かいじゅう》映画のセットでこんなものを作ったなら、仕事が雑に過ぎると監督《かんとく》からお叱《しか》りを食《く》らうに違《ちが》いない。

「この辺の復興、全然進まないね」

シノの視線から思考を察したのだろう。ほたるが心苦しそうに言ってくる。

「終戦からもう二一年よ。もうオリンピックやっててもいいくらいじゃない。なのに」

「仕方あるまい。何しろ人手がない。——『敵』も、まだ出てくるしな」

はあ、とほたるがため息を吐《つ》く。

「ねえ……日本って本当に、勝ったのよね？」

「…………」

ほたるの言葉に、シノはしばし無言になった。

今から二一年前、日本を含む先進各国は、多大に過ぎる被害《ひがい》を出しながらも、〈アンノウン〉を撃退《げきたい》することに成功し、八年に及《およ》ぶ最悪の戦争を、一応の勝利で終えることに成功した。

史実では、そう言われている。

だからこそ、コールドスリープ施設《しせつ》で眠《ねむ》っていた非戦闘員《せんとういん》——子供だったシノたちが目覚めさせられたのだ。

しかし、相手は意思疎通さえできていない正体不明の生物である。開戦の合図なく始まった戦争に、終戦の約定《やくじょう》などあるはずもなかった。

人間同士の戦争には、どんなに理不尽《りふじん》であろうと必ず理由と、言い訳のための大義、そして落としどころが存在する。詰まるところ、人間の戦争は――少なくともそれを先導する指導者たちにとっては――政治であり経済活動なのである。

だが、〈アンノウン〉にはそれがない。

あったとしても、人間には理解ができない。

『終戦』というのも、二一年前から〈アンノウン〉の攻撃《こうげき》が激減したことを受けて、人類側が勝手に宣言を出しただけだった。

事実、それを示すように、本格的な侵攻《しんこう》が終わったあとも、ちらほらと〈アンノウン〉は現れているのである。

また、『勝利』――というのも空々しい言葉ではあった。当時の人類の言う『勝利』とは、あくまで〈アンノウン〉に国土を奪われなかったことのみを示す言葉であり、一般《いっぱん》的な戦争におけるそれを表すものとは言いがたかったのである。

日本国内の死傷者、推定三二〇〇万人。

国民の四半近くを失った壊滅《かいめつ》状態を『勝利』と呼んだのは、そうでもしなければ残された人々の心が耐《た》えられなかったからではないかと邪推《じゃすい》してしまうシノではあった。

「──勝ったに決まっている」

だが。シノは強い口調でそう返した。

「二九年前、愚《おろ》かしくもこの国に、世界に戦争を仕掛《しか》けた〈アンノウン〉は、当時の大人たちによって撃退された。──私たちがしているのはただの残党狩《が》りであり、不埒《ふらち》な侵入《しんにゅう》者の排除《はいじょ》だ」

「そっか。……うん、そうね」

シノの言葉に、ほたるが首肯《しゅこう》する。

凛堂《りんどう》ほたるは頭のいい少女である。シノの巡《めぐ》らせた思案など、幾度《いくど》となく反芻《はんすう》しているに違いない。だが、彼女は何も言い返してはこなかった。──シノがほたると同じように、幾度とない思案の果てに、その言葉を吐いたのだと悟《さと》ったからだろう。

シノとほたるはそれきり言葉らしい言葉も交《か》わさず監視塔を降りた。

◇

都市間列車に揺《ゆ》られることおよそ四〇分。シノは南関東管理局に辿《たど》り着いた。

その名の通り、南関東を統括《とうかつ》する、臨時政府直轄《ちょっかつ》の組織である。〈アンノウン〉出現のホットスポットである東京湾ゲートから日本本土を防衛する、東京《とうきょう》、神奈川、千葉《ちば》の三都市を管理しているのだ。

「――来ましたか」

よく通る声で、金屋はシノとほたるを部屋に迎《むか》え入れた。

歳《とし》の頃《ころ》五〇歳くらいの、眼鏡《めがね》をかけた大柄《おおがら》な男である。顔や身体《からだ》の随所《ずいしょ》には凄絶《せいぜつ》な戦歴を物語る傷がいくつも刻まれていたが、その粗暴《そぼう》な武人然とした風貌とは裏腹に、所作や言動からは理知的な雰囲気が滲《にじ》み出ていた。

金屋久秀《ひさひで》。二九年前に起こった未曾有《みぞう》の大戦争を戦い抜《ぬ》いた戦士であり――シノたちが所属する『物品管理四課』を取り仕切る課長である。

とはいえその部署名は、課の活動内容を正確に示しているとは言い難《がた》かった。

シノたち四課の主な仕事は、防衛都市の生徒たちでは対応しきれない案件の解決や、通常の治安維持《いじ》活動から外れた超《ちょう》法規的処理――要は、表に出せない裏仕事である。堂々と『特殊《とくしゅ》部隊』の看板を掲《かか》げるわけにもいかないため、適当な部署名が付けられていたのだった。

「は」

「何かご用でしょうか、課長」

シノとほたるが短く問うと、金屋は小さくうなずいてから一枚の写真を取り出し、執務《しつむ》机の上に置いた。

「これを」

「拝見します」

一言断ってから写真を手に取る。

そこに写っていたのは、一人の可愛《かわい》らしい少女だった。まだあどけなさの残る相貌に、色素の薄《うす》い髪。細い首は、療養所《りょうようじょ》に入院している病弱な少女を思わせた。

しかし、彼女が纏っていたのは病衣ではなく、純白に金色のボタンが輝《かがや》く制服であった。それは間違いなく、湾岸《わんがん》防衛都市の一つ、神奈川のものである。

「この少女は……」

シノは微《かす》かに眉根《まゆね》を寄せた。この少女の顔に、見覚えがある気がしたのである。

それに答えるように、金屋が口を動かす。

「君たちも、名前くらいは知っているでしょう。——神奈川第一位・天河舞姫《てんかわまいひめ》です」

「やはり」

その名を聞いて、シノは得心がいったようにうなずいた。

防衛都市内には教師など、最低限の大人が住んでいるが、その人口の九割以上は一八歳以下の学生であり、その自治もまた、学生たちの手に委《ゆだ》ねられている。

その中にあっての序列一位。それはつまり、この少女が一つの都市の頂点であることを示していた。

「……ほたる？」

と、そこで、シノは不意に隣《となり》に立ったほたるの方に視線をやった。

金屋に写真を示されてから、なぜかほたるは一言も発さずそれに視線を注いでいたのである。

「……！　な、なに？」

「こちらの台詞だ。どうかしたのか」

「ううん……何でもない」

言って、ほたるが首を振《ふ》る。

「………………」

まったく気にならないといえば嘘《うそ》になったが、本人がそう言っている以上追及《ついきゅう》しても仕方あるまい。シノは視線を金屋に戻《もど》した。

「それで。その天河舞姫がどうかしましたか」

とはいえ、何となく予想は付いていた。

金屋の口から名が出るということは、恐《おそ》らくこの少女が首席権限を悪用して何か後ろ暗いことに手を染めているのだろう。

学生自治という歪《いびつ》なシステムで以《もっ》て運営されている防衛都市においては、そう珍《めずら》しいことでもない。肥大化する自己顕示欲《けんじよく》と、それを実現に移せるだけの力を備えてしまった子供に、自分を律しろというのはあまりに酷《こく》である。実際、要職に就《つ》く生徒たちの内務調査は、シノたちの主な任務の一つだった。

運営資金の横領、軍用品の横流し、権力を笠《かさ》に着ての私刑《しけい》……主なものはそんなところだろうか。過去の派手な事例としては、どこから手に入れたのか麻薬《まやく》を売買していたり、地下に賭博《とばく》場を作った者までいたらしい。

写真を見る限り、悪事に手を染めるような少女には見えなかったが——歪な環境《かんきょう》は人の心を容易《たやす》く歪《ゆが》ませる。そういった意味では、彼女も先の戦争の被害者《ひがいしゃ》なのかもしれなかった。

とはいえ、少なくともシノの記憶《きおく》の範囲《はんい》内では彼女が調査の対象になったことはなかったはずである。よほどのことをしていない限り、初犯は厳重注意で済むだろう。

しかし。

「紫乃宮晶一等執務官、及び凛堂ほたる二等執務官に指令を下します」

金屋の口から発された言葉は、シノが予想だにしないものだった。


「――神奈川第一位・天河舞姫を、暗殺せよ」


「は……」

「…………っ」

シノは訝《いぶか》しげに眉根を寄せた。隣から、ほたるが息を呑《の》む音が聞こえてくる。

「暗殺？　どういうことですか」

「言葉の通りです。君たちには、天河舞姫を亡《な》き者にしていただきます。手段は問いません。無論、我々の関与《かんよ》が疑われない方法がベストですが」

金屋が、ぴくりとも表情を変えないまま淡々《たんたん》と続ける。シノは金屋を制止するように手のひらを広げた。

「お待ちを。理由をお聞かせください」

ジッと金屋の目を見据《みす》えるようにしながら言う。普段《ふだん》は指令に異議など唱えないシノではあったが、さすがに事情が違った。

それはそうだ。シノたちの仕事は多岐《たき》に亘《わた》り、中には決して綺麗《きれい》とは言えないものも含《ふく》まれている。しかし、それらは全《すべ》て本土に住まう人々や管理局、そして前線で戦う少年少女たちのためのものであったのだ。

——暗殺。しかも、一都市の頂点である少女を。

それがどれほどの意味を持ち、防衛戦にどれほどの影響《えいきょう》を及《およ》ぼすのかは、誰《だれ》にでも容易に想像が付くだろう。それが金屋ほどの人間にわからないはずはない。

だからこそ、シノは問うたのだ。

それを理解した上でシノたちに暗殺指令を下した意味を。

防衛都市の要《かなめ》である第一位の少女を、殺すに足ると判断した事由を。

しかし。金屋はゆっくりと首を振った。

「残念ながら、それは特秘事項《じこう》に指定されています。君たちには知る権限がありません」

静かに、しかし重く。金屋が言葉を発する。

金屋は戦前の大人。つまりシノたちと違《ちが》い、頭の中に〈世界〉を持たない常人である。実際に切り結べば、一瞬《いっしゅん》で勝負は付くだろう。だがそれを感じさせない有無《うむ》を言わせぬ気《き》迫《はく》とプレッシャーが、彼の一挙手一投足から滲み出ていた。

「ですが」

「君の仕事は、私に意見をすることではないはずです」

「………」

金屋の言葉に、シノは細く息を吐《は》いたのち、姿勢を正して敬礼を示した。

「……紫乃宮晶一等執務官、了解《りょうかい》しました」

金屋の言うとおりである。シノの仕事は、指令を忠実にこなすことであり、その指令は既《すで》に上の人間が協議した結果下されたものなのだ。

シノたちに善悪を判断する必要はない。手足が頭の思考に反して動いてしまっては、組織はやがて自壊《じかい》してしまう。

「あっ……凛堂ほたる二等執務官も、了解です」

シノに倣《なら》うように、ほたるが同じように敬礼をする。それを見てか、金屋が大仰《おおぎょう》にうなずいた。

「よろしい。二人には生徒として神奈川学園に編入していただきます。編入用の偽造《ぎぞう》書類は既に用意してあるので、あとで頭に入れておいてください。――では、武運を」

「はっ」

「はいっ」

シノとほたるはもう一度敬礼をすると、執務室を出ていった。

◇

「ふぁあ……」

防衛都市神奈川の執務室で、天河舞姫は眠《ねむ》そうなあくびをした。

時刻は一七時。一日の修学カリキュラム及び技能修練を終えた放課後である。本来ならば都市内にある喫茶店《きっさてん》の新作ケーキで舌を甘やかそうとしていた舞姫だったのだが、たまりにたまった残務の処理がそれを阻《はば》んでいた。堆《うずたか》く積まれた書類に、ぺったんぺったんと判を捺《お》していく。

書類を作成したのは舞姫ではないし、内容のチェックも事前に優秀《ゆうしゅう》な部下が済ませてくれているので、舞姫は承認《しょうにん》の判子を捺すだけなのだが……何しろ数が多い。諸々《もろもろ》の予算の承認に、高ランク生徒の先行卒業希望の確認、都市内店舗《てんぽ》の出店許可エトセトラエトセトラ。単純作業は眠気《ねむけ》を誘《さそ》う。途中《とちゅう》から、自分が人間なのか全自動スタンプ押し機なのかわからなくなってくる舞姫だった。

と、舞姫が幾度《いくど》目かのあくびをしたところで、コンコン、と執務室の扉《とびら》がノックされる。

「……ふぁーい」

タイミング悪くあくびとミックスされてしまった声で言うと、扉の向こうから聞き知った声が返ってきた。

『八重垣《やえがき》です』

「ん、入っていいよ」

『失礼します』

扉が開かれ、眼鏡《めがね》をかけた女子生徒が部屋に入ってきた。髪《かみ》を肩口《かたぐち》くらいで切りそろえた、どこか気の弱そうな少女である。身に纏《まと》っている制服は舞姫と同じく神奈川の制服だったのだが、舞姫のそれよりも少しスカートが長かった。

「どうしたの、青《あお》ちゃん……って、あ」

舞姫は入室してきた少女——八重垣青生《あおい》に目を向け、すぐに渋面《じゅうめん》を作った。

理由は単純。青生の手に、分厚い書類の束が確認できたからである。まだ机の上の書類も処理しきっていないのに、まさかのおかわりだった。

「ええ……また増えるの？」

「すみません……でも天河さんに承認していただかないと受理できない案件なので……」

別に彼女が悪いわけではないだろうに、青生は申し訳なさそうに頭を下げた。

「う……」

そんな風に言われると、なんだか悪いことをしている気分になってしまう。舞姫は手をヒラヒラさせると、はあとため息を吐《つ》いた。

「ん……わかった。そこに置いていって」

「はい、お願いします」

言って、青生がこくりとうなずく。舞姫は凝《こ》り固まった背中の筋肉を解《ほぐ》すように大きく伸《の》びをした。

「んー……」

「あはは……お疲《つか》れみたいですね。──ちょっと休憩《きゅうけい》しましょうか。実は、いいものがあるんです」

「いいもの？」

舞姫が身体《からだ》を弛緩《しかん》させて青生に目を向け直すと、青生は書類の後ろから白い紙製の箱を取り出してきた。──舞姫が贔屓《ひいき》にしている喫茶店のロゴが入った、お持ち帰り用の箱を。

「わっ！　えっ！　なんで⁉」

舞姫が目を見開いて机に身を乗り出すと、青生がうふふと微笑《ほほえ》んだ。

「天河さんが楽しみにしていたと伺《うかが》ったので……余計なお世話だったでしょうか？」

「まさか！　青ちゃん愛してるぅ！」

身を捩《よじ》りながら舞姫が言うと、青生は少し恥《は》ずかしそうに頬《ほお》を染めて苦笑《くしょう》した。

「せっかくだからお茶を淹《い》れましょう。ちょっと待っていてもらえますか？」

「うん！　待ってる！」

力強くうなずき、姿勢をビシッと正す。すると青生はそんな舞姫の様子を微笑ましげに見てから、ポットとカップが置かれている棚《たな》の方に歩いていった。

舞姫はしばしの間、頬を紅潮させながら、「待て」をされた犬のように椅子《いす》に座っていたが、すぐにハッと肩を揺《ゆ》らすと、その場に立ち上がった。

そして、執務机《しつむづくえ》とは別に部屋に置かれていた、名目上応接用、実質ティータイム用のテーブルの上を片付け始める。

「あ、すみません、天河さん」

「ううん、青ちゃんはお茶お願い」

「はい、心得てます。ミルク多めですよね」

「わかってるぅ」

冗談《じょうだん》めかして言いながら、テーブルを布巾《ふきん》で拭《ふ》く。

そして程《ほど》なくして、遅《おそ》めのティータイムが展開されることとなった。

「へぇー、メロンケーキ？　綺麗だねー」

綺麗なライトグリーンの果肉が載《の》ったショートケーキを矯《た》めつ眇《すが》めつしてから、フォークで一口大の大きさに切り分け、口に運ぶ。すると優《やさ》しい甘みと仄《ほの》かな酸味が口の中いっぱいに広がった。

「んー！　ふふー」

思わず笑みがこぼれてしまう。向かいのソファを見やると、青生も同じような顔をしているのが見て取れた。

「美味《おい》しいなあ。いやー、凄《すご》い。昔食べたのと比べても遜色《そんしょく》ないよ。たぶんだけど」

舞姫はうんうんとうなずいた。まあ、昔のケーキの味をそこまで鮮明《せんめい》に覚えているわけではなかったのだけれど、このクオリティであれば、舌の肥えた戦前の人間もきっと満足するに違いなかった。

実際、舞姫が学園に配属された一〇年前には、都市で手に入る甘い物などキャンディかキャラメルくらいのもので、生菓子《なまがし》などほとんど出回っていなかった。このような嗜好品《しこうひん》や娯楽品《ごらくひん》が都市内に充実《じゅうじつ》しつつあるのは、小さいが確かな復興の証《あかし》ということができた。

「千葉の食料《しょくりょう》プラントでも、徐々《じょじょ》に果物《くだもの》の種類が増やされてますからね。今月から、内地に残っていた苗《なえ》を取り寄せて、ブランドフルーツを作り始めるそうですよ」

「へー、それも楽しみだね」

舞姫はそう言って、ミルク多めの紅茶を一口啜《すす》った。

湾岸《わんがん》三都市は、〈アンノウン〉から内地を守る防衛拠点《きょてん》であると同時に、それぞれ別の役割を持った都市でもある。千葉にある巨大《きょだい》食料プラントなどは、東京の中央会議場や神奈川の出力兵装製造施設《しせつ》と並んでわかりやすい例だろう。製造の難しい加工品などの一部は未《いま》だ内地からの輸入に頼《たよ》っているが、農作物や畜肉《ちくにく》などの食料は、大半が千葉のプラントで賄《まかな》われていた。それどころか近年は、余剰《よじょう》分を内地への輸出へ回しているという話だ。

「にしても……」

舞姫は横目でちらと執務机の方を一瞥《いちべつ》した。

「最近はなんであんなに書類多いの？　なんか年々増えてる気がするんだけど……」

「まあ、それも都市が活性化してきてる証拠《しょうこ》ですよ。都市内のお店もどんどん増えてますし。それにほら、今度また編入生が配属されるみたいですよ」

「編入生？」

舞姫は目を丸くして首を傾《かし》げた。

〈アンノウン〉の本格的な侵攻《しんこう》が終わったあと、舞姫をはじめとする子供たちは確かにコールドスリープから目覚めさせられた。だが戦後の荒廃《こうはい》した日本で子供たち全員の食料や居住施設を賄うことは困難であったため、まだ日本の地下深くには、何人もの子供たちがかつての姿のまま眠りに就《つ》いているのである。

基本的に防衛都市の人員補充《ほじゅう》は、都市運営に余裕《よゆう》ができた際、施設単位でコールドスリープが解除され、目覚めた子供たちがそれぞれの都市に配属されるのが一般《いっぱん》的だった。

まあ、そのせいで昔は同い年だった子が、いつの間にか年上や年下になっていたりする事体が頻発《ひんぱつ》するのだが。

「ええ。昨日チェックしてもらった書類に書いてありませんでしたか？」

「え？　あ、えっと、うん、書いてあった、気がする……」

舞姫が曖昧《あいまい》に返事をすると、青生は「え？」と聞き返してきた。

数秒の間、会話がなくなる。舞姫は顔にだらだらと汗《あせ》を垂らすと、止めていた息を吐《は》き出しながら頭を下げた。

「……ごめんなさい嘘《うそ》つきましたあんまり見てませんでした……」

「あ、いや、別に謝らなくてもいいですけど……」

青生が困ったように苦笑する。

「できるだけ目を通していただけると助かりますけど、数が数ですからね。一応私がチェックして、問題ないものだけを回してるので大丈夫《だいじょうぶ》ですよ。でも、今度から重要度の高い案件のものを上におくようにしますね」

「……いつもお世話になってるです」

さらに深々と頭を下げながら言うと、青生は「いえ、そんな」と首を振《ふ》った。

「でも、こんな時期に珍《めずら》しいねー」

「そうですね。でもごく希《まれ》にあるんですよ。コールドスリープ装置の不調で、まだ目覚めさせる予定じゃなかった人が目覚めてしまうってケースが」

「ふうん……そっか、編入生か」

舞姫はそう言うと、ケーキをもう一口ぱくりと口に放《ほう》り込んだ。

◇

「紫乃宮晶です」

「凛堂ほたるです。よろしくお願いします」

そう言って、シノとほたるは教室に居並んだ生徒たちに頭を下げた。二人を歓迎《かんげい》するように、ぱちぱちと拍手《はくしゅ》が鳴り響《ひび》く。

金屋から天河舞姫暗殺の指令を受けてから三日後。シノとほたるはつつがなく編入手続きを済ませ、クラスに配属されてきたのである。

湾岸防衛都市の一つ・神奈川。

西暦《せいれき》二〇四九年現在でただ『神奈川』といった場合、それはかつての都道府県区分ではなく、旧横浜市跡《よこはましあと》に存在する城塞《じようさい》都市のことを示す。

少年少女の修学及《およ》び戦技教導を行う巨大《きよだい》な学園施設を中心として放射状に広がった、人口一万人程度の『城』である。

都市の西側に広がった工業施設では休みなく湾岸防衛の必需品《ひつじゆひん》である出力兵装を製造しており、都市間列車を通じて東京や千葉など他《ほか》の都市に供給されていた。曰《いわ》く、南関東の武器庫である。

シノたちが配属されたクラスは二年D組。防衛都市におけるクラスとは、単なる区分けではなく、戦闘《せんとう》時の小隊区分となっている。教室に居並んだ面々は級友であると同時に、背中を預け合う戦友ということができた。

とはいえ、皆《みな》十代の少年少女たちである。時期外れの編入生に興味津々《きようみしんしん》なのだろう。朝のホームルームが終わると同時、ほたるの周りにはあっという間に人垣《ひとがき》ができていた。

「凛堂さんたちってどこから来たの？」

「編入生なんて変わってるよねー」

「ねえねえ、彼氏いんの？」

などと、わいわいと世間話が始まる。

「ええと、私は——」

一応、ほたるはシノと同様に偽装《ぎそう》した経歴を用意していたはずだが……捲《まく》し立てるようなクラスメートの質問の嵐《あらし》に圧倒《あっとう》され、曖昧な返事しか返せていないようだった。

しかし、それとは対照的にシノの方は静かなものである。

一応、興味深げに様子を窺《うかが》ってくる生徒はいたのだが、シノがそれを察知して視線を返すと、なぜか皆、目を逸《そ》らしてしまうのだった。不思議である。

と、そんな中、一人の背の高い男子生徒が前の席に腰掛《こしか》け、シノの机に肘《ひじ》を突《つ》いてきた。

「よう編入生。そんなに周りを睨《にら》み付けてちゃ、誰《だれ》も寄ってこねえぞ？」

「………………」

別に睨み付けてなどいないのだが……どうやら周りからはそう見えたらしい。

「注意する」

「へっへ、まあそれも味ってもんか。――俺は杉石《すぎいし》ってんだ。ようこそ神奈川へ。歓迎するぜ。ともに姫様《ひめ》の下《もと》、戦おう」

「――姫様？」

杉石の言葉に、シノはぴくりと眉《まゆ》を動かした。

「ん？　ああ、悪い悪い。神奈川《ウチ》の第一位、天河代表のことだよ。あだ名みたいなもんさ」

「……なるほど」

「都市首席ってのは都市の顔だからな。俺も、配属されたのが神奈川で本っっっ当によかったと思うよ。鼻持ちならねえ東京とかド田舎《いなか》ヤンキーの千葉になんか配属されてたらと思うとゾッとするぜ。いいか、おまえもあいつらにだけは絶対負けんじゃねえぞ」

「そういうものか」

東京も千葉も、敵から国土を守る同志であるはずなのだが……よく考えてみれば、同じ国の軍でも、陸海空軍はそれぞれ仲が悪いという話を聞いたことがある。闘争心《とうそうしん》を保つためには、そういった対立関係もある程度は必要なのかもしれなかった。

「そういうもんだ。なんつったって関東圏《けん》の個人戦績ランキングは、常に姫様が一位だからな。格が違《ちが》うのよ格が。いっぺん模擬《もぎ》戦で戦ってみりゃわかるが、姫様の強さはもう別次元だ。それにかわいい。ちょうかわいい。うちの姫様が一番かわいい」

腕組《うでぐ》みしながら杉石が言う。

「…………」

と、そうこうしているうちにすぐに始業のチャイムが鳴り、生徒たちが席に着き始めた。

杉石も「おっと」と言い、軽く手を振ってから自分の席へと戻《もど》っていった。

神奈川は、敵の攻撃《こうげき》から国土を守る防衛都市であると同時に、生徒たちを育てる教導施設でもある。戦闘技能の訓練の他に、座学や一般課程の授業も行われており、その点は戦前の学校とさほど変わらなかった。

教室の扉《とびら》が、ガラガラと音を立てて開かれる。授業のため教師がやってきたのだろう。

だがその瞬間《しゅんかん》――教室にざわめきが広がるのがわかった。

「……!?　な――」

一拍遅《いっぱくおく》れて、シノもその理由に気づく。

教室に入ってきたのが教師ではなく、制服の上に外套《がいとう》を羽織った、小柄《こがら》な少女だったのだ。

二つに括《くく》られた色素の薄《うす》い髪《かみ》。それに負けないくらい白い肌《はだ》。およそ戦いに耐《た》えられるようには見えない体軀《たいく》に宿るのは、しかし強い意志の光を宿した双眸《そうぼう》である。

――そう、それは。

神奈川第一位、都市首席・天河舞姫その人であった。

「えっ、姫様!?」

「どうしたんですか、こんなところに！」

生徒たちが目を見開き、にわかに騒《さわ》ぎ出す。すると舞姫が皆を落ち着けるようにパンパンと手を叩《たた》いた。

「はい、落ち着いて。今日の一限、命気操作《オーラ》でしょ？　今日は特別に、私が講義をしにきちゃいました！」

言って、腰《こし》に手を当て胸を反らしてみせる。

その言葉に、生徒たちが驚《おどろ》いたように目を剝《む》いた。

「姫様が⁉　すげえ、なんで⁉」

「マジかよ、超《ちょう》レアじゃん！」

教室が色めき立つ。基本、授業は教師が教鞭《きょうべん》を執《と》るのが普通《ふつう》であるが、命気操作《オーラ》や出力兵装の扱《あつか》いなどは、〈世界〉が見えない大人たちには教えることができないため、上級生や戦績の高い生徒が講師を務める場合が多かった。しかし、それに都市首席が出張《でば》ってくるなど、そうあることではない。生徒たちの驚きも無理のないことだった。

しかしそれを考えたとしても、舞姫の人気は凄《すさ》まじいものがあった。まるでアイドルか何かが現れたような様子である。

「………………」

沸《わ》き立つ教室の中。シノはジッと舞姫を見つめていた。まさかこんなにも早く標的を間近で見られるとは思っていなかった。無論こんなところで行動を起こす気はないが、相手を観察するにはこの上ない好機である。

と、シノが舞姫の動きに注意を払《はら》っていると、舞姫がキョロキョロと辺りを見回し始めた。

「このクラスに編入生が来たって聞いてさ。ちょっと気になっちゃったんだ。どこにいるのかな？」

「………」

シノは小さく手を挙げた。すると、舞姫がニッと微笑《ほほえ》んでくる。

「君か！　私は天河舞姫。よろしくね！　これから一緒《いっしょ》に頑張《がんば》ろう！」

「どうも」

シノは曖昧に返事をし、小さく頭を下げた。その際ちらとほたるの方を見やったが、なぜか顔を伏《ふ》せるようにし、目立たぬよう息をひそめているのがわかる。標的に顔を見せたくないという考えかもしれなかったが……逆に目立つような気がしないでもなかった。

しかし、シノという編入生を見つけた舞姫はそれに気づく様子もなく、教科書を開いて言葉を続けた。

「編入生ってことはスリープ明けなんだよね。〈世界〉についてはどれくらい知ってるの？」

「基礎《きそ》程度は」

シノは短く答えた。

〈世界〉。

それは、字面《じづら》通りの意味を表す言葉ではなかった。

シノたちがそれまでの常人と異なる最も大きな点。生徒たちはそれぞれ、見えている〈世界〉が異なるのである。

ある者は、空を歩くのが普通である〈世界〉を。

ある者は、触《ふ》れたものが融解《ゆうかい》するのが普通である〈世界〉を。

ある者は、人間以外の生物と会話できるのが普通である〈世界〉を。

それぞれ、当然のように、頭の中に持っているのだ。

シノがその概要《がいよう》を簡単に述べると、舞姫は満足げにうなずいた。

「うん。そして私たちは、頭の中の〈世界〉で当然のように行われている事象を、現実世界に再現することで、普通では有り得ない現象を起こすの」

チラチラと教科書を覗《のぞ》きながら、舞姫が続ける。

「えっと、一説によれば〈世界〉は、コールドスリープ中に見た夢が起因してるっていう話もある……って、あ、そうなんだ！」

舞姫が驚いたように声を発する。その様子に、生徒たちが苦笑《くしよう》した。

「姫様……知らなかったんですか？」

舞姫は恥《は》ずかしそうにあははと笑うと、「……今の、先生にはナイショね」と指を一本立てた。

「ふーん……なるほど。でも、頭までカチコチにされてたはずなのに、どうやって夢を見たんだろうね、私たち」

舞姫が素朴《そぼく》な疑問を発する。すると、生徒の一人が声を上げた。

「夢見た状態で凍《こお》らされたから、それがそのまま固定されちゃったんじゃないですかね」

「あー」

「でもそれなら俺、綺麗《きれい》なお姉さんと組んずほぐれつする夢でも見ておきたかったなー」

別の生徒が冗談《じょうだん》めかすように言う。男子生徒が笑い、女子生徒が「うわあ」という顔を作った。

舞姫はあははと笑ってから、気を取り直すように咳払《せきばら》いをし、シノに目を向けてくる。

「まあ、でもそれだけ知ってるってことは、〈世界〉を再現したことはあるんだよね？」

「何度かは」

「うん、優秀《ゆうしゅう》優秀。一番難しいのは一回目の命気《オーラ》操作だしね。それさえできてれば大丈夫《だいじょうぶ》。あ、身体《からだ》に命気《オーラ》を巡《めぐ》らせるときは、首筋を起点にするイメージを持つとやりやすいよ」

舞姫が軽く身体を後ろに向け、髪を除《の》けてうなじのあたりを示しながら言ってくる。

そこには、まるでバーコードのようなマークが記されていた。

とはいえ、それは舞姫に限ったことではない。この教室にいる生徒全員の首に——無論シノやほたるの首にも——同じような文様が見て取れるのである。

管理局によれば、これは生徒たちの〈世界〉再現を補助するためのものらしい。このコードが削《けず》られると上手《うま》く〈世界〉を再現できなくなるとのことから、戦闘や訓練で傷を付けないように注意せよと堅《かた》く言われていた。

「さ、じゃあ今日はその応用についてやろうと思うけど……なんていうのかな、命気《オーラ》を集中させると、ぎゅんぎゅんって感じがするでしょ？　そのとき、身体全体に巡らせる前にシュビビビッて感じにしておくと、〈世界〉再現がスムーズになる気がするんだよね」

舞姫が、身振《みぶ》り手振りを加えながら、一応授業と思《おぼ》しきものを開始する。

生徒たちはその抽象《ちゆうしよう》的な表現の解釈《かいしやく》に若干《じやつかん》手間取っていたようだったが、都市首席に教えを請《こ》える機会などそうないとわかっているためか、一生懸命《いつしようけんめい》その話に聞き入っていた。

「…………」

だがそんな中シノは一人、舞姫の一挙手一投足に気を払いながら、机の下で携帯端末《けいたいたんまつ》を操作していた。

「——ほたる。少しいいか？」

一限目の授業が終わり、生徒たちに惜《お》しまれつつ舞姫が教室から去ったところで、シノはほたるに声をかけた。

「あっ、シノ。——えっと、皆《みな》さん、すみません。ちょっと失礼します」

ほたるが、周囲に集まっていた生徒たちにペコリと頭を下げ、シノについて教室を出る。

背後から、「何だ、やっぱりデキてたのか……」と何やら落胆《らくたん》したような声が聞こえてきたが、シノはあまり気にしないことにした。

しばらく二人で廊下《ろうか》を歩いたのち、ひとけのない場所で足を止める。

「取り込み中に悪かったな」

「ううん。むしろちょっと助かったかも。——それで、話って、天河舞姫のこと？」

ほたるが、少し声のトーンを落とすように言ってくる。

シノはぴくりと眉《まゆ》の端《はし》を動かした。なぜだろうか。指令を受けたときも思ったのだが、ほたるが『天河舞姫』の名を発するとき、何か妙《みょう》な感じを覚えてしまうのである。

「シノ？」

「……ああ、そうだ」

シノは小さくうなずいた。

「少し調べてみたところ、幾《いく》つか気になる点があった。――まずはその在任期間だ」

「在任期間……って、要は、神奈川のトップに居続けてる年数ってことだよね？　どれくらいなの？」

「一〇年だ」

「は……？」

シノの言葉に、ほたるは目を丸くした。

だがそれも仕方のないことだろう。通常、都市首席の在任期間は一、二年、長くても三年程度だ。

加え、その数字が示すのはそれだけではなかった。

「一〇年って……仮に天河舞姫の肉体年齢《ねんれい》が一七だとして、七歳の頃《ころ》から戦ってたってこと!?」

「そういうことになるな」

都市機能を司《つかさど》る運営部は、管理局から派遣《はけん》された都市担当官と、試験で選ばれた生徒たちによって構成されるが、都市の象徴たる都市首席は、純粋《じゅんすい》な戦績のみで決定される。要は、官僚《かんりょう》と首相のようなものだ。

防衛都市は初等部・中等部・高等部から成るが、基本的に防衛戦に参加するのは高等部と一部の中等部生徒のみで、初等部は訓練と修学が主な活動だ。無論、都市首席となるのは通常、高等部二、三年の生徒が主である。

だがデータを信じるのであればあの少女は、七歳の時分から戦場に立ち、当時の中等部・高等部生徒の都市内ランクを抑《おさ》えて首席を務めていたということになるのである。

「い、一体、どんな〈世界〉を見てたらそんなことになるのよ……！」

ほたるが、顔を戦慄《せんりつ》に染める。

しかし、それも正常な反応だろう。生徒たちの能力は、見ている〈世界〉によって異なるが、僅《わず》か七歳で都市の頂点に立った少女が一体どんな壮絶《そうぜつ》な〈世界〉を見ているかだなんて、シノには想像もつかなかった
「ていうか、一〇年って、それだけやってたらもうとっくに……」

「ああ。天河舞姫の実績は何年も前に最高位に達している。最恵待遇《さいけいたいぐう》の内地入りが可能だ。実際、管理局から幾度《いくど》も要請《ようせい》は行っているらしい」

防衛都市に配属された生徒たちは、卒業と同時に臨時政府が治める内地に転属することになる。

いわば訓練兵である生徒たちに前線を守らせ、せっかく成長して力を付けた卒業生を、比較的《ひかくてき》安全な内地の防衛に転属させるというシステムに歪《いびつ》さを感じないかといえば嘘《うそ》になったが……まあ、中央のお偉方《えらがた》はよほど〈アンノウン〉が怖《こわ》いのだろう。

閑話休題《かんわきゅうだい》。生徒たちは、卒業までにどれだけの実績を残したかによって、転属の際の待《たい》遇《ぐう》が変わるのである。

都市首席を務める、というのは非常に大きな実績であり、事実、歴代の首席たちは実績ランクが最高に達した瞬間《しゅんかん》に早期卒業を希望する者がほとんどであった。

「だが、天河舞姫は十分すぎる戦果を残した今も、管理局からの要請を断り、最前線に残り続けている」

「な、なんで……？」

「さてな。偏執《へんしゅう》的な戦闘狂《せんとうきょう》なのかもしれないし、何か内地に行きたくない理由があるのかもしれない。もしくは――」

シノは一拍《いっぱく》置くようにしてから続けた。

「何か、別の目的があるのかもしれない」

「別の目的……」

ほたるが、緊張《きんちょう》にごくりとのどを鳴らす。シノは「ああ」とうなずいた。

「いくら内地入りの要請を断っているとはいえ、その程度の反抗《はんこう》で暗殺指令など下るわけがない。その『目的』の内容に、天河舞姫を殺さざるを得ない理由が含《ふく》まれているとしか思えんな」

「……た、たとえば？」

ほたるが頬《ほお》に汗《あせ》を垂らしながら問うてくる。シノはあごに手を当てて考えを巡らせた。

「そうだな。たとえば——クーデターの画策」

「え……ええっ⁉」

ほたるが驚愕《きょうがく》に染まった叫《さけ》びを発する。シノは落ち着け、と手のひらを広げた。

「あくまでたとえばの話だ。——だが、それくらいの理由がなければ、問答無用で殺せなどという指令は下るまい」

「………………」

強《こわ》ばった顔をしながら、ほたるがうなずく。その表情は、今さらになって任務の重要性を再認識《さいにんしき》したようにも見えた。

「とにかく、まずは情報だ。私たちは天河舞姫について、この都市について、あまりに知らないことが多すぎる」

「うん……でも、どうやって調べる？」

「それについては考えがある。放課後、また話をしよう」

「え……？　う、うん」

ほたるが首肯《しゅこう》すると同時、二限目の開始を示すチャイムが校舎内に鳴り響《ひび》く。

修学は戦闘《せんとう》訓練と並んで学生の義務である。編入早々無意味なボイコットをして悪目立ちをすることは避《さ》けたかった。

「行くぞ」

「うん」

シノとほたるは、教師がやってくる前にと、教室へ戻《もど》っていった。

◇

そしてその日の放課後。シノは、ほたるが借りた部屋を訪ねた。

――その肩《かた》に、頭にずだ袋《ぶくろ》を被《かぶ》せ、手足をガムテープでぐるぐる巻きにした女子生徒を担《かつ》ぎながら。

「というわけで、頼《たの》むぞ、ほたる」

「んー！　んー！」

シノが言うと、それに反応するように女子生徒がもぞもぞと蠢《うごめ》いた。

　それを見てか、ほたるが引きつった笑《え》みを浮《う》かべる。

「……あ、あの、シノ。その子は？」

「ああ。近くの道を一人で歩いていたので、ちょうどいいと思って連れてきた」

「ち、ちょうどいいって……」

「安心しろ。誰《だれ》にも見られないよう注意を払《はら》った」

「そういうことじゃなくて……」

　ほたるは未《いま》だ困惑《こんわく》したような表情を浮かべていたが、部屋の前にぐるぐる巻きの女子生徒を担いだシノが仁王立《におうだ》ちしている状況《じょうきょう》を放置している方がまずいと判断したのだろう。シノを部屋の中に招き入れた。

「と、とりあえず、どうぞ」

「ああ」

「んー！　んんんんー っ！」

　肩に担いだ少女が暴れるが、シノは無視して部屋に入っていった。

　防衛都市は無論全寮制《ぜんりょうせい》であるが、寮は都市内に幾つも点在しており、生徒たちは部屋に空きさえあれば、希望した場所に入居することができる。寮と名はついているものの、どちらかというとアパートやマンションのイメージに近かった。

入居したばかりなので当然ではあるが、ほたるの部屋の中には、最初から備えつけられていた必要最低限の家具しか見受けられない。

シノはじたばたと藻掻《もが》く少女を椅子《いす》に座らせると、その身体《からだ》をガムテープで椅子に固定したのち、頭に被せていたずだ袋を取った。ついでに、口に張っていたガムテープも剝《は》がしてやる。

「ぷは……っ！　な、何なんですかあなたたち……私をどうするつもりなんですか⁉」

少女が、泣きそうな顔をしながら声を上げてくる。しかしシノは取り合わず、ほたるの方に視線を向けた。

「ほたる」

「はいはい……あんまり無茶しないでよね？」

ほたるがやれやれといった様子でため息を吐《つ》き、制服の袖《そで》を捲《まく》り上げる。そこには、精緻《せいち》な細工の施《ほどこ》された金属製の手甲《てっこう》が装着されていた。

出力兵装。ほたるが〈世界〉を現実に再現するのを補助する道具である。

それを見てか、少女が「ひっ」と声を詰《つ》まらせる。

「な、何ですかそれ！　何を――」

「シノ、捕《つか》まえたのは何分くらい前？」

「二、三分程度だ」

「そっか。じゃあ、とりあえず一〇分くらいでいい？」

「ああ。それだけあれば問題ない」

シノが答えると、ほたるはゆっくりとした動作で、少女の額に手を触《ふ》れた。そして、精神を集中するように目を伏《ふ》せる。

「ひ……っ」

少女は怯《おび》えた声を発したが——すぐに、意識を失ったように大人しくなる。

そして、およそ一〇分後。ほたるが、少女から手を離《はな》した。

「ん、もういいよ」

「わかった」

シノは答えると、少女の手足からガムテープを外し、拘束《こうそく》を解いてやった。

するとそれに合わせたように、少女が「ん……」と小さな声を発し、目を覚ます。

そして。

「……わっ！　あ、私寝《ね》ちゃってました？　すみません、紫乃宮さん、凛堂さん」

と、先ほどとは打って変わって親しげにそう言ってきた。——まるで、数年来の友人のような調子で。

これがほたるの〈世界〉再現である。

彼女が見ている〈世界〉は――『誰とでも友だちになれる世界』。

施術《せじゅつ》を行うのに少々時間がかかるものの、潜入《せんにゅう》任務の際の情報収集において絶大な効果を発揮する能力である。

「構わん。それより、聞きたいことがある。――神奈川第一位・天河舞姫のことだ」

シノが言うと、少女が不思議そうに目をぱちくりさせた。

「天河さん……ですか？」

「ああ。まずは――」

シノは、天河舞姫に関しての質問を、簡潔に並べていった。少女は首を捻《ひね》りながらも、『友だち』であるシノにわかる限りのことを教えてくれる。

と、どれくらい話した頃《ころ》だろうか。少女が、何かを思い出したように「あ」と目を見開いた。

「天河さんといえば、明日《あした》、特別模擬《もぎ》戦があります」

「特別模擬戦？」

聞き返すと、少女はうんうんと首肯した。

「月に一度、天河さんが行う、一対多の模擬戦です。もちろん通常の模擬戦と同じく、出力兵装には制限が課されますが、天河さん曰《いわ》く、『私を倒《たお》せたら都市首席にしてあげる』とのことです」

「なんだと?」

「まあもちろん、天河さんに勝てる人間なんてこの世にはいないと思いますけど……」

補足《ほそく》するように言って、少女が苦笑《くしょう》する。

「でも、そこで力を見せられれば、印象には残ると思いますよ。天河さん、強い人は好きですし」

言って、微笑《ほほえ》んでみせる。どうやらこの少女、シノが舞姫のことを根掘《ねほ》り葉掘り聞くものだから、舞姫に対して特別な感情を覚えているとでも思ったらしい。

「……なるほど。それに参加する方法は?　それと、通常何人程度が挑戦《ちょうせん》するものなんだ」

「参加希望書を出せば誰でも参加できます。人数はその時々ですけど、だいたい三〇人前後が一般《いっぱん》的ですかね」

「そうか。では——」

「シノ」

と、シノが言いかけたところで、ほたるが声をかけてきた。

「そろそろ一〇分よ」

「ああ、もうそんな時間か。——いろいろと感謝する。参考になった」

「あ、いえ……もう大丈夫《だいじょうぶ》ですか？」

「うん。ありがとう。外まで送っていくよ」

ほたるが微笑みながら言い、少女の背を押すようにして部屋を出ていく。シノもそのあとを追った。

そして、寮の入口を出たところで、ほたるが手を振《ふ》る。

「じゃあね。また」

「あ、はい。では……」

少女がぺこりとお辞儀《じぎ》をして、後ろを向く。

するとその瞬間《しゅんかん》、ほたるは少女の肩に手を触れ、

「リリース」

と、小さな声で呟《つぶや》いた。

「…………！」

少女の身体がぴくん、と震《ふる》える。ほたるが肩から手を離し、後方へと歩く。

するとそののち、少女はキョロキョロと辺りを見回した。

「あれ……？　私、なんでこんなところに……」

少女は、不思議そうに首を捻ると、すたすたと道を歩いていった。

ほたるが「リリース」した以上、あの少女にはもう、シノやほたると『友だち』であったときの記憶《きおく》は残っていない。――正確に言うならば、会話をしていた七分間と、シノに捕まえられた時間、合わせて一〇分間の記憶が。

ほたるは、施術に要した時間分、その対象の記憶を消去することができるのである。

これで、あの少女から、「シノが天河舞姫のことを探《さぐ》っていた」という情報が漏《も》れることもない。シノは不思議そうに首を傾《かし》げて去っていく少女の後ろ姿を眺《なが》めながら、あごに手を当てた。

「特別模擬戦か……理解に苦しむが、利用しない手はないな」

「まさか、参加するの？」

ほたるが、どこか非難じみた色のある声を上げてくる。

「そのつもりだが、なぜだ？」

「……私はあんまり賛成できないわ。任務は暗殺のはずよ。わざわざこっちの顔を晒《さら》す必要はないじゃない。それこそ、シノの〈世界〉なら」

「だからこそ、だ。三〇人超《ちょう》もの人間が入り乱れる戦場など、願ったり叶《かな》ったりだ。模擬戦中の『事故』ならば、責任が管理局に及《およ》ぶことはあるまい」

ほたるが「むう」と口ごもる。

「……目立ちすぎないよう注意してちょうだいよ？」

「わかっている」

シノは、静かに首肯《しゅこう》した。

◇

翌日。都市内の一角にある訓練場には、幾人《いくにん》もの生徒たちが詰めかけていた。

まるでお祭りのような様相である。訓練場の外壁《がいへき》には『第三六回天河杯《はい》』なんて垂れ幕がかけられ、辺りには冷たい飲み物や軽食を売る屋台まで出ていた。

学校が休みということもあるだろうし、そもそもこういった娯楽《ごらく》が少ないのも手伝っているのかもしれなかったが、ただの模擬戦に随分《ずいぶん》と大げさなことである。

「…………」

挑戦者控《ひか》え室《しつ》の中で、シノは腕組《うでぐ》みしながら立っていた。

視界に確認《かくにん》できる生徒の数は三二名。男女比率は大体半々といったところである。皆《みな》、思い思いの出力兵装を携《たずさ》え、入場の合図を今か今かと待ち構えていた。

「──あれ、紫乃宮か？」

と、そこで棍《こん》を携えた一人の男子生徒が、控え室の端《はし》にいたシノに話しかけてきた。

見やると、それが同じクラスの杉石であることがわかる。

「杉石？」

「おう。いきなり姫様《ひめ》に挑戦たぁ、いい度胸だな編入生」

「自分の力を試《ため》してみたくてな」

シノが定型文で返すと、杉石は快活に笑いながらシノの肩《かた》を叩《たた》いてきた。

「よきかなよきかな。勇猛《ゆうもう》たれ若人《わこうど》よ。ぶっ倒されるのも経験だ」

と、そこで控え室に、係員の腕章《わんしょう》を着けた生徒が現れた。

「──参加者の方は、そろそろ移動をお願いします」

言って、挑戦者たちをホールの中へと促《うなが》す。

「じゃ、また。一応健闘《けんとう》を祈《いの》っといてやるぜルーキー」

「ああ」

挑戦者たちが気合いを入れるように拳《こぶし》を握《にぎ》りながら、ホールへと入場していく。シノはそのあとに続くように入場口へと足を向けた。

「…………っ」

入場した瞬間、凄《すさ》まじい歓声《かんせい》が全身を叩いた。

訓練場とは銘打《めいう》たれているものの、その様相はまるで古代ローマの闘技《とうぎ》場である。円形のフィールドを囲うように観客席が広がり、目算で一〇〇〇を超《こ》える生徒たちが今から始まるであろうショーを待ちわびてか、歓声を上げていた。

「――よく来たな、挑戦者たちよ！」

次の瞬間、そんな声が響《ひび》き、観客たちの注意がシノたちから外れる。

そしてその視線が、訓練場の外壁の上に現れた、小さな人影《ひとかげ》に注がれた。

「あれは……」

シノは軽く目を細めながら、その姿を見やった。

長い髪《かみ》と、肩掛けにされた外套が、風を受けてバサバサとはためく。

身《み》の丈《たけ》はあろうかという巨大《きょだい》な剣《けん》を携え、悠然《ゆうぜん》と挑戦者たちを見下ろす、その姿は。

――間違《まちが》いなく、神奈川第一位・天河舞姫のものだった。

『わあああああああああああああああああっ！』

『きたあああああああああああああああああああああッ！』

『ひーめさま！　ひーめさま！　ひーめさま！』

先ほどまでとは比べものにならない大歓声が、訓練場をビリビリと震わせた。舞姫がそれに応《こた》えるように片手を天に突《つ》き上げると、さらに声が大きく響く。

『うおおおおおおおおおおおおおおおおおおおおおおおおおおおおおおおおおっ！』

「……凄まじい人気だな」

シノは小さな声で呟いた。基本的に対〈アンノウン〉の戦果によって決定される都市首席が生徒たちのヒーローであることは承知しているつもりだったが、ここまでの熱狂《ねっきょう》は見たことがなかった。

まあ、とはいえそれも当然といえば当然なのかもしれない。初等部から一〇年もの間都市の頂点に君臨し続けている少女など、それこそ生きる伝説と言っても過言ではないだろう。彼女が前線に居続けるということが、神奈川という都市にとって戦力的な数字以上の意味を持っているであろうことは容易に知れた。

が、シノの思考はそこで中断させられた。

「――とうっ」

舞姫が外壁を蹴《け》り、放物線を描《えが》くようにしてシノたちのいる場所に跳躍《ちょうやく》してきたからだ。

外壁からフィールドまで、およそ三〇メートル。高さは目算で二〇メートルほどだろうか。少なくとも、普通《ふつう》の人間がひょいと飛び越《こ》えられるような距離《きょり》ではない。

しかし、シノにそこまで驚《おどろ》きはなかった。

生徒たちは各々《おのおの》の〈世界〉を再現するために、身体《からだ》を命気《オーラ》で満たす。そうすることによって意識を〈世界〉に近づけ――条理から外れた力に耐《た》えられる身体を作るのだ。都市首席を務めるクラスの人間ともなれば、これくらいの距離を脚力《きやくりよく》のみで飛び越えることなど造作もあるまい。

だが。

「あたっ！」

着地の際、舞姫は足を滑《すべ》らせたのかバランスを崩《くず》し、顔面から地面にビターン！　と墜《つい》落《らく》してしまった。

そしてそのまま、しばらく動かなくなる。観客たちが不安そうにざわめきだした。

「う……ぐすっ……」

鼻の頭を真っ赤に染めた舞姫は、目に涙《なみだ》を浮《う》かべながら顔を上げたが、すぐに袖《そで》で目を擦《こす》ると、ずずっと洟《はな》を啜《すす》ってその場に立ち上がった。

「……、だいじょーぶ！」

『おおおおおおおおおおおおおおおおおおおおおおおおっ！』

『姫様えらぁぁぁぁぁい！』

『かっこいいいいぃ！』

舞姫がビッとVサインをしてみせると、観客たちから拍手《はくしゅ》が巻き起こった。

「……なんなんだ、これは」

シノは額に汗《あせ》を滲《にじ》ませながら半眼を作った。

しかし舞姫はそんなシノの様子に気づいたふうもなく、大剣を握り直すと、挑戦者たちの方に視線を向けてきた。

「ん、お待たせ。──じゃあ、始めよっか」

未《いま》だ赤い鼻のまま、舞姫が言ってくる。すると、挑戦者たちが一斉《いっせい》に出力兵装を構え、戦闘《せんとう》態勢を取っていった。

それに合わせるようにして、訓練場内のスピーカーからアナウンスが流れ始める。

『──それではこれより、第三六回特別模擬《もぎ》戦を開始いたします。降参、もしくは気絶などの戦闘不能状態に陥《おちい》った場合、敗北となります。各々、全力を尽《つ》くしましょう』

そして、開戦を示すようにブザーが鳴り響く。

するとその瞬間、第一陣《だいいちじん》にいた生徒たち一〇名が、一斉に舞姫へと襲《おそ》いかかった。

「はぁぁぁぁっ！」

「おおおおおッ！」

剣を、槍《やり》を、或《ある》いは戦斧《せんぷ》を振りかぶり、常人離《ばな》れした脚力で以《もっ》て数十メートルの距離を詰《つ》める。出力兵装からは炎《ほのお》や電気が迸《ほとばし》り、空中に鮮《あざ》やかな軌跡《きせき》を残していた。

自ら第一位に挑《いど》むと決めただけあって、再現の練度も高い。如何《いか》に天河舞姫といえど、このクラスの生徒一〇名を相手取って無傷で済むとは考えづらかった。

しかし。

「——とりゃっ！」

舞姫が、携えていた大剣を横薙《よこな》ぎに振《ふ》ったかと思うと——

「え……!?」

「はが……っ！」

次の瞬間《しゅんかん》、舞姫に迫《せま》っていた生徒たちが、全員吹《ふ》き飛ばされた。

まるでボールか何かのように軽々と。或いは放物線を描《えが》いて地面に突き刺《さ》さり。或いは西部劇の回転草《タンブル・ウィード》のように地面を擦りながらゴロゴロと転がり。或いはそのまま手近な壁《かべ》に叩き付けられ。

半分はそのまま昏倒《こんとう》。もう半分はどうにかよろよろと身を起こしていたが、すぐに膝《ひざ》をガクガクと震《ふる》わせてその場にくずおれた。

都市防衛を担《にな》い続けてきた戦士たちが、一瞬《いっしゅん》にして戦闘不能状態となったのである。

「な……!?」

シノは思わず息を詰まらせた。

「さ、次！　こないならこっちから――」

生徒たちが戦慄《せんりつ》していると、舞姫が剣を両手で握り、姿勢を軽く前傾《ぜんけい》させた。

「……！　かかれっ！　姫様を動かすな！」

「お、おおッ！」

舞姫が地面を蹴る寸前、他《ほか》のチームが声を上げ、舞姫に突貫《とっかん》していった。

だが結末は同じだ。舞姫の剣撃《けんげき》の前に、生徒たちは為《な》す術《すべ》なく吹き飛ばされていった。

「くぅー……相変わらず痺《しび》れるねえ」

そんな光景を見ながら感慨《かんがい》深《ぶか》そうに呟《つぶや》いたのは、シノの隣《となり》で棍を構えていた杉石だった。

頬《ほお》に汗を垂らしながらも、その視線は舞姫に注がれている。

「じゃあ、俺たちも行くぜ！」

「おおっ！」

杉石の声に応え、辺りに残っていた一〇名ほどの生徒たちが一斉に駆《か》け出す。

「ち――」

シノは眉根《まゆね》を寄せると、足を踏《ふ》みしめて身体を前傾させ、腰《こし》に携えた刀に手を掛《か》けた。

大勢に紛《まぎ》れて舞姫の力を見定め、隙《すき》さえあれば殺《と》りにかかるつもりだったが、まさかここまでの怪物《かいぶつ》とは思わなかった。杉石たちの一派を除けば、もう生徒は残っていない。

「幸運に思え、杉石。手柄《てがら》はおまえにくれてやる」

シノは小さく呟くと、舞姫の姿を見据《みす》えながら息を細く吐《は》いた。

首を起点として、命気《オーラ》を手に、足に、そして目に纏《まと》わせる感覚。

――シノの〈世界〉では、シノは視界に映るものに、手を伸ばすことなくして触れることができる。

視線を媒介《ばいかい》して『距離を殺す』力。

即《すなわ》ち、見えてさえいれば剣閃を当てられるということである。

「ふ――ッ」

シノは腰を回転させ、刀を一気に鞘《さや》から抜《ぬ》いた。――天河舞姫をジッと見据えながら。

一の太刀《たち》・〈空喰《うつはみ》〉。鯉口《こいぐち》から銀閃《ぎんせん》が煌《きら》めき、美しい軌跡が描かれる。

必勝の間合い。

必殺の感覚。

幾度《いくど》となく敵を落としてきた必滅の一撃。

――しかし。

「ん？」

その瞬間、舞姫が目を見開いたかと思うと、手にした大剣を上方にずらした。

ギン！　という重い手応えが、シノの手に伝わる。舞姫が微《かす》かに表情を変えて、後方に一歩後ずさった。

「は――」

一拍《いっぱく》置いて、シノは理解した。――舞姫が、シノの一撃を防いだことを。

「何だと……!?」

シノは信じがたいものを見る目で舞姫を見た。シノの一撃は、衝撃波《しょうげきは》を放つだとかそういった類《たぐい》のものとは根本的に異なる。今ここで起こした事象を、視線の先に一瞬のラグもなく伝える力なのである。

偶然《ぐうぜん》か。それとも野性的な感覚で危険を察知したのか。その判別はつかなかったが、一つ確かなのは、舞姫は今もその場に倒《たお》れることなく、剣を振るっているということだった。

シノの攻撃《こうげき》が一瞬の隙を生んだようで、杉石たちは先の生徒たちよりも善戦したようだったが、結局三〇秒と保《も》たず、皆《みな》と同じようにフィールドに沈《しず》んでしまった。

「………」

シノが呆然《ぼうぜん》と立ち尽くしていると、舞姫が大剣を引きずりながら、ゆっくりとシノの方へと歩いてきた。

そして、幼子のように純粋《じゅんすい》な目でシノを見上げ、ニッと微笑《ほほえ》んでくる。

「――面白《おもしろ》い力だね。さっきの、君でしょ？　編入生くん」

「……いいや」

別にさしたる理由があったわけではないけれど、もしかしたらシノなりの反抗心《はんこうしん》だったのかもしれない。どうせ無駄《むだ》とは知りつつも、適当に惚《とぼ》けてみせる。

「えっ、違《ちが》うの？　うそっ」

しかし舞姫はシノの言葉を素直《すなお》に受け取ってしまったようで、犯人を捜《さが》してかキョロキョロと辺りを見回した。

さすがにその反応は予想外だった。思わず額に汗を滲ませる。

「……もう少し自分の感覚を信じたらどうだ？」

「え？……あ、やっぱり君じゃん！」

舞姫がぷくーっと頬を膨《ふく》らせ、大剣《たいけん》を下段後方、脇構《わきがま》えの位置に構える。

瞬間、凄《すさ》まじいプレッシャーがシノを襲った。迎《むか》え撃《う》つように刀を中段に構える。

「いくよ」

「…………！」

そんな声が聞こえた瞬間、舞姫が大剣を斜《なな》め上に斬《き》り上げてきた。

あまりに小さな身体で、あまりに巨大《きよだい》な剣を、あまりに無慈悲《むじひ》な太刀筋《たちすじ》で振り抜く。

シノはその一撃を正確に捉《とら》え、刀で打ち払《はら》った。否《いな》——正確に言うのなら、刀と大剣が触れ合った瞬間、力の方向を僅《わず》かにずらし、舞姫の剣撃を受け流した。

強大に過ぎる一撃。もしもまともに打ち合っていたのなら、シノも先ほどの生徒たちと同様に、一瞬で戦闘不能状態にされていただろう。

「おおっ！」

それを凌《しの》がれたのが意外だったのか、舞姫が驚《おどろ》きの声を発し、斬り上げた大剣をそのまま振り下ろしてくる。

「ち——」

シノは微かに眉根を寄せると、振り下ろされる鉄塊《てつかい》を刀で絡《から》め取るように受け流した。

三撃、四撃と、それを繰《く》り返す。

それを可能にしたのは、〈世界〉再現による副産物——命気《オーラ》によって強化された眼筋《がんきん》の働きである。異常な眼球移動の速さによって得られる、超人《ちようじん》的な動体視力。今のシノには、舞姫の動きが、否、世界の全《すべ》てがスローモーションに見えていた。

「うおりゃぁぁぁっ！」

「く――」

しかし。幾度目かの攻撃を受け流したところで、シノはぴくりと眉《まゆ》の端《はし》を動かした。完全に無力化しているはずの剣撃は、少しずつシノの刀に、それを握《にぎ》る手に、ダメージを残していたのである。

このままでは防戦一方だ。シノは攻撃に転じるために、地面を蹴《け》り上げ、舞姫の顔を目がけて砂煙《すなけむり》を舞《ま》い上げた。

「うわぷっ！」

咄嗟《とっさ》に、舞姫が目を瞑《つぶ》る。

シノはその隙に刀を上段に構えると、眼窩《がんか》の中で眼球をぐるりと回転させた。――舞姫の全身を睨《ね》め回すように。

脳天、側頭、首、肩《かた》、上腕《じょうわん》、前腕、脇腹《わきばら》、大腿《だいたい》、脛《すね》、股間《こかん》、その他人体急所合わせて三二箇《か》所《しょ》を『ロック』する。

そう。シノは、見えているなら、斬ることができる。

――たとえ、それが一つでなくとも。

「はぁッ！」

裂帛《れっぱく》の気合いとともに、刀を振り下ろす。

二の太刀・〈閃塵《せんじん》〉。その一撃と同等の力を持った不可視の斬撃が、まったく同時に三一撃、舞姫の身体《からだ》を襲った。

だが――

「――とありゃっ！」

瞬間、舞姫が珍妙《ちんみよう》な叫《さけ》び声《ごえ》を上げたかと思うと、その場で竜巻《たつまき》のようにぐるんと旋回《せんかい》した。ガガガガガッ！　という凄まじい金属音が響《ひび》き、辺りに火花が散る。

「な――」

シノは愕然《がくぜん》と目を見開き、舞姫を見た。

そう。この少女は、天河舞姫は、視界を奪《うば》われた状況《じようきよう》でシノの攻撃を察し、多方向からの剣撃を防御《ぼうぎよ》してみせたのである。

回転を止め、後方へと飛び退《の》いた舞姫がゴシゴシと目元を擦《こす》り、シノに大剣の切っ先を向ける。

とはいえさすがの舞姫も、シノの全攻撃を打ち払うことは叶《かな》わなかったらしい。制服の右脇腹《みぎわきばら》と左肩口《ひだりかたぐち》が破け、肩掛《かたが》けにした外套の一部に穴が空いていた。

だが、舞姫は白い肌《はだ》の露出《ろしゆつ》した脇腹をぺたぺたと触《さわ》ると、パァッと表情を明るくして、キラキラした目をシノに向けてきた。

「すごい！　ねえねえ今の何？　どうやったの⁉」

楽しそうに言って、無邪気《むじゃき》にブンブンと手を振ってくる。

だが、本人にその気がなくとも、そんな言葉は皮肉にしか聞こえなかった。ギロリと睨《ね》め付けるようにしながら、返す。

「こちらの台詞《せりふ》だ。何だ、今のは。――何故《なぜ》、私の攻撃が読めた」

「なんとなく！」

「………………」

胸を張って発された言葉に、シノは思わず汗《あせ》を滲《にじ》ませた。

「――君、強いね。えっと……あ、そういえば名前を聞いてなかったっけ？」

舞姫が首を傾《かし》げながら問うてくる。シノは視線を外さぬまま口を開いた。

「……紫乃宮晶だ」

「ふうん、シノか」

「………………」

ほたると同じ呼称《こしょう》だった。もしかしたらセンスが似ているのかもしれない。

と、シノの無言から何を察したのか、舞姫はニッと唇《くちびる》の端を上げると、右足を深く踏み込んで、大剣を低く構えた。

「いくよ、シノ」

「…………」

無言で、刀を構える。

舞姫の真似《まね》をするわけではないが——なんとなく、シノにも知れた。

恐《おそ》らく次の一撃で、舞姫が勝負を決そうとしていることが。

そして、如何《いか》に賛辞を並べ立てようと、彼女が己《おのれ》の勝利を微塵《みじん》も疑っていないことが。

「——上等だ」

確かに相手は規格外の怪物。しかし、シノとて未《ま》だ全ての手を見せたわけではない。

シノは刀を鞘に収めると、柄《つか》に手を掛け、身体をグッと前方に沈み込ませた。——居合い。正面から迎え撃ってやるという意思表示である。

それを見てか、舞姫が興奮を抑《おさ》えきれないといった様子で目を輝《かがや》かせた。

——剣と刀とが、一〇間の距離《きょり》で相対する。

意識が研《と》ぎ澄《す》まされ、天河舞姫のみに集中される。辺りに満ちた喧騒《けんそう》も、徐々《じょじょ》に聞こえなくなっていった。

合図は、シノのあごから滴《したた》り落ちた一滴《いってき》の汗だった。

それが地面に触《ふ》れた瞬間《しゅんかん》、舞姫が地面を踏《ふ》みしめ、凄まじい速度で突進《とっしん》してくる。シノは異常強化された動体視力でそれを捉えながら、柄に掛けた手に力を入れた。

　──が、その瞬間。

　都市全域にけたたましいアラームが鳴り響き、二人の激突《げきとつ》は強制的に中断させられた。

「……ッ」

「わっ」

　シノと舞姫の集中が同時に途切《とぎ》れ、刃《は》を打ち合う寸前で挙動が止まる。

　するとアラームに続いて、スピーカーからアナウンスが流れ始めた。

『──東京湾《わん》ゲートより、〈アンノウン〉の出現が確認《かくにん》されました。戦闘《せんとう》要員は所定の位置に待機、戦闘に備えてください。繰り返します──』

　そのアナウンスが流れると同時、熱狂《ねっきょう》していた観客たちの顔が、一斉《いっせい》に戦士のそれになる。都市は、一瞬にしてその色を変えた。

「──あーあ」

　戦闘準備に奔走《ほんそう》する生徒たちの中、舞姫が小さく肩をすくめた。

「タイミング悪いなあ、もう。せっかくいいところだったのに」

「……そうだな」

　シノが短く答えると、舞姫はぐるりと辺りを見回し、「あー」と息を吐《は》いた。

「こっちもタイミング悪かったかも。〈アンノウン〉が来たのにみんなノビちゃってるし」

「………」

それは明らかに舞姫のせいだったのだが、シノは言わずにおいた。

すると舞姫が、「よし」と大仰《おおぎょう》にうなずく。

「ちょっと、行ってくる。シノはみんなと休んでて。今日は最高に楽しかったよ！　また機会があったらやろ？」

舞姫は大剣を肩に担ぎ上げると、グッと足に力を入れ、その場から飛び上がった。命気《オーラ》で強化された脚力《きゃくりょく》は、その小さな身体を軽々と訓練場の外壁《がいへき》上へと導く。

「――傾注《けいちゅう》！」

そして、大剣を海に向け、訓練場に声を響かせる。戦闘準備に赴《おもむ》く生徒たちが、一斉にそちらを向いた。

「我らの庭に、性懲《しょうこ》りもなく不埒《ふらち》な侵入者《しんにゅう》が現れた！　さあ諸君、狂宴《きょうえん》の時間だ！　我らが鬼神《きしん》の腕《かいな》を以《もっ》て、蒙昧《もうまい》なる侵略者《しんりゃく》を剣山刀樹《けんざんとうじゅ》に落とせ！」

『応ッ！』

先ほどとは種類の違《ちが》う熱狂が、都市を支配する。

「――さてと、じゃあ今日も、世界を救おっか」

舞姫は軽い調子でそう言うと、外壁を蹴って海の方へと飛び去っていった。それに続くように、生徒たちが大移動を開始する。

シノは、その背を追うように訓練場から出ると、舞姫が飛び去った海の方を見やった。

「――シノ！」

と、そこで、観客席にいたらしいほたるがシノのもとに駆《か》け寄ってくる。

「大丈夫《だいじょうぶ》？　怪我《けが》は」

「……ああ、問題ない」

シノは、海から視線を外さぬまま、そう答えた。ほたるが、はあと安堵《あんど》の息を吐いてから続けてくる。

「最後のあれ、もし警報が鳴らなかったら――勝ててたのよね？」

その言葉に、シノは一瞬考えを巡《めぐ》らせた。

「わからん」

「そんな……確かに天河舞姫は強かったけど、シノなら――」

と、ほたるが言いかけた瞬間、海の彼方《かなた》に、幾《いく》つものシルエットが現れた。

東京湾ゲートから出現した〈アンノウン〉が、近海まで侵攻《しんこう》してきたのだろう。

が――

「…………っ！」

その前方で何かがキラリと輝いたかと思うと、海が割れ、〈アンノウン〉の群れが縦に断《た》ち分かたれた。

一瞬遅《おく》れて、シノたちがいる訓練場の方まで微《かす》かな衝撃波《しょうげきは》が伝わってくる。

証拠《しょうこ》はないが、シノには確信があった。

――今空気を震《ふる》わせたあの極大の一撃こそ、舞姫の本気の剣閃《けんせん》であると。

「…………」

ほたるが、額に脂汗《あぶらあせ》を浮《う》かべながら無言になった。

舞姫が戦場に立ってから僅《わず》か一〇分。

〈アンノウン〉たちが、退却《たいきゃく》を開始した。

第二章　身辺調査《ストーキング》

神奈川《かながわ》学園生徒会室。

防衛都市神奈川の心臓部と言っても過言ではないその部屋には今、四人の人間の息遣《いきづか》いがあった。背格好は皆《みな》バラバラであったが、その胸には、神奈川の生徒会役員であることを示す略章が燦然《さんぜん》と輝いている。

「——皆、昨日の特別模擬《もぎ》戦の話は聞いたかい？」

微かにくぐもった少女の声が、空気を震わせる。それに応ずるように、残りの面子《メンツ》がうなずいた。

「はい、一応報告にありましたので」

「そりゃあ、当然よねぇ」

「……何当たり前のこと聞いてるんですか早いところ本題に入ってくださいわざわざ世間話をするためにわたしたちを集めたわけじゃあないでしょう」

息つく間もなく捲《まく》し立てるように発された言葉に、長身の少女はしかし気分を害した風もなく首肯《しゅこう》した。

「ならば皆も既《すで》に知っているはずだ。模擬戦で、姫殿《ひめどの》と戦った生徒のことを」

そう。その信じがたい報告は、既に彼女らの耳に入っていた。

昨日模擬戦に初参加した謎《なぞ》の生徒が、舞姫《まいひめ》と幾度《いくど》も斬《き》り結んだ末、僅かとはいえ舞姫の服を傷つけたというのである。

「姫殿とまともに打ち合えるなんて、一体何者なんだろうね、その生徒は。しかもそれだけの力を持っていながら、今まで表に出てきていなかったなんて」

それに同意するように、唇の左下に笑いぼくろのある少女が口を開く。

「そうねぇ……ただの引っ込み思案だったってことなら微笑《ほほえ》ましいんだけど、それだけの力を持ってるなら対〈アンノウン〉戦で何らかの実績を残していてもおかしくないし」

「――だとしたら、その人は一体」

眼鏡《めがね》の少女が唸《うな》るように言うと、長身の少女が静かに口を開いた。

「たとえば、他都市が送り込んできたスパイ」

「あり得ない話じゃないわねぇ。姫ちゃん、個人スコア断トツ一位だし」

その言葉に、蹲《うずくま》るように背中を丸めながら椅子《いす》に腰掛《こしか》けた、瘦身《そうしん》の少女が声を発する。

「……っていうとなんですか自分のところの生徒を送り込んで姫さんを負傷させようとし

たってことですか」

「さ、さすがに考えすぎじゃないですかね……」

「そうとも言えないよ。東京《とうきょう》や千葉《ちば》の現首席が、姫殿を疎《うと》ましく思っているのは事実だ」

四人が、一斉にうなずく。そののち、痩身の少女が続けた。

「……まあその人が一体何者かとかそういうのも気にはなりますがそれより何より」

「ええ。もっと問題なのは、姫ちゃんが昨日からものっすごく上機嫌《じょうきげん》なことよ」

その言葉に、長身の少女と痩身の少女がうんうんと同意した。

「無論、姫殿の機嫌がいいのは喜ばしいことだ。でも、ことあるごとに『すっごく強い人に会ったんだー』『また会えるかなあ』『ふんふふんふふーん』とか言われると、なんだか不安になっちゃうんだ」

長身の少女が言うと、眼鏡の少女が何かを思い出したようにうなずいた。

「そういえば、確かに言ってましたね。あれ、もしかして天河《てんかわ》さん、その人のこと——」

『……！』

「ひ——ッ」

三人の凄《すさ》まじい気魄《きはく》に、眼鏡の少女が息を詰《つ》まらせた。

「……とにかく、皆注意してくれ。——姫殿を守るのは、我ら神奈川四天王の務めなのだからね」

その言葉に、二人がうなずく。一人が一拍遅《いっぱくおく》れてうなずく。

「姫殿のために」

「姫ちゃんのために」

「……姫さんのために」

「た、ために……」

言って、四人は拳《こぶし》を重ね合わせた。

◇

「――不可能だ」

潜伏《せんぷく》用に借りた部屋の中で。シノは、至極《しごく》簡潔にその結論を述べた。

「そんな、身も蓋《ふた》もない……」

その言葉を聞いたほたるが頰《ほお》に汗《あせ》を垂らしながら苦笑《くしょう》してきたが、どうしようもない。

シノは静かに首を横に振《ふ》った。

「あのあと、〈アンノウン〉を掃討《そうとう》して帰還《きかん》した天河舞姫に対し、〈空喰《うつはみ》〉での攻撃《こうげき》を、三度試みた」

「ど、どうだったの……？」

「一撃は弾《はじ》かれ、一撃は避《よ》けられ、一撃は素手《すで》で刃《は》を摘《つま》まれて、にこやかに手まで振られた」

「うわぁ」

ほたるが渋面《じゅうめん》を作る。しかしそれも無理からぬことではあった。むしろシノの方が、同じような表情を作りたい気持ちである。

距離《きょり》を無視して相手に触《ふ》れるシノの力は、管理局第四課が誇《ほこ》る戦闘《せんとう》用最強の〈世界〉といっても過言ではない。

だが。あの少女は規格外だ。

〈世界〉の相性《あいしょう》でシノの力が通じないのならばまだわかる。高度な知略を以てシノの〈世界〉に対抗《たいこう》してきた者も、今までも僅かであるが存在した。

しかし、彼女の場合はまったく事情が異なった。

ただの腕力《わんりょく》で。ただの感覚で。ただの勘《かん》で。細緻《さいち》に再現されたシノの〈世界〉から、力任せに逃《のが》れ続けるのである。

何というのだろうか。そもそもの問題として、立っている土俵が違うかのような錯覚《さっかく》され覚えてしまう。こちらがチェス盤《ばん》の上で駒《こま》を動かし、美しい手が成った、と確信したところに、いきなりハンマーを振り下ろされるかのような感覚である。

「……いや」

シノは自戒《じかい》を込《こ》めて首を振った。それはシノの思い込みに過ぎない。

『彼《あ》れ』は『己《お》れ』とは違うから、敵《かな》わないのは仕方ない。そんな諦観《ていかん》が過《よ》ぎった時点で、戦士は戦士としての価値を失う。

とはいえ、天河舞姫が今まで培《つちか》った戦闘のロジックがまったく通じない相手であることだけは確かであった。

管理局が問題視するのも納得《なっとく》である。あの力。そして生徒たちの心を掌握《しょうあく》するカリスマ性。もし舞姫が管理局に、ひいては日本に対する反逆行為《こうい》に手を染めたならば、それは途《と》轍《てつ》もない脅威《きょうい》になるに違いなかった。

「じ、じゃあ、どうするの？　このまま何もせずに管理局に帰るっていうの？」

ほたるが、不安げに眉《まゆ》を歪《ゆが》めながら言ってくる。シノは「いや」と首を振った。

「任務は遂行《すいこう》する。どんなことがあってもな。――それに、仮にそう報告したところで、管理局に天河舞姫を殺せる人間がいるとは思えん」

「でも、それじゃあ」

「落ち着け。私が不可能と言ったのは、今の状態で天河舞姫を殺すことについてのみだ」

「え？」

シノの言葉に、ほたるが目を見開く。

「今の状態でってことは……何か方法があるの？」

「それを今から見つけるんだ」

「見つける……？」

ほたるが首を傾《かし》げてくる。シノはこくりと首肯しながら、今二人がいる部屋を示すように手を掲《かか》げた。

「そのための一歩が、この部屋だ」

今シノとほたるがいるのは、シノが借りた寮《りょう》の一室だったのだが――それは、昨日までの潜伏場所とは違っていた。

模擬戦のあと、シノが手続きをして転居した、新しい部屋なのである。

「そういえば、どうして寮を移ったの？　前の寮の方が人の通りも少ないし、潜伏場所にはよかったと思うんだけど……」

ほたるの言うことももっともだった。しかし、人目に付きやすくなるリスクを冒《おか》すに足る理由が、この部屋にはあったのである。

シノは悠然《ゆうぜん》と部屋を横断すると、勢いよくカーテンを開けた。日差しが直接部屋に注がれ、ほたるが眩《まぶ》しそうに目を細める。

「見てみろ」

言って、外の景色を示す。ほたるは数度瞬《まばた》きしてからシノの方に歩いてくると、窓の外にあるものを見て、小さく目を見開いた。

「あれって……寮？　随分《ずいぶん》大きいね」

そう。この部屋から数百メートルほど先に、大型の寮が聳《そび》えていたのである。

「あの寮の最上階の部屋が、天河舞姫の住居だ」

「！　あそこが⁉」

ほたるが驚《おどろ》いたように声を裏返らせる。

「……って、もしかして、シノ」

「ああ。天河舞姫とて人間には変わりない。何かしらの隙《すき》や弱点は存在するはずだ。——物事は全《すべ》て観察から始まる。徹底的《てっていてき》に奴《やつ》を調査することによって、方法を見出《みいだ》してみせる」

決意を固めるように拳を握《にぎ》りながら言うと、なぜかほたるが微妙《びみょう》な表情をした。

「なんだ？」

「……いや、あの、それってつまり、のぞきってこと？」

「のぞきではない。監視《かんし》だ」

「うーん……」

何か納得いかないことでもあるのだろうか、ほたるが難しげな顔をしたまま低くうなる。

「でも監視っていっても、この距離じゃまともに見えないんじゃない？」

「案ずるな」

シノはそう言うと、部屋の隅《すみ》に置かれていた箱を開け、中から発泡《はっぽう》スチロールで梱包《こんぽう》された小型の天体望遠鏡を取り出した。昨日、都市内の店で入手していたものである。

「あの、シノ？」

「安心しろ。ほたるの分も用意してある。だが許せ。このタイプは店に在庫が一つしかなくてな。バードウォッチング用の双眼鏡《そうがんきょう》なのだが」

「いやそういうことじゃなくて」

ほたるは何やら悩《なや》むように額に手を当てていたが、シノはあまり気にせず、舞姫の部屋に向かって望遠鏡を手早くセッティングした。そしてそののち、ほたるに向かってグッと親指を立ててみせる。なぜかほたるが、先ほどよりも微妙な顔で苦笑した。

「……のぞきじゃないのよね？」

「監視だ」

きっぱりと言いながら、望遠鏡を覗《のぞ》き込む。

するとそれに合わせたようなタイミングで、視界の中に舞姫の姿が現れた。昨日と同じく制服姿ではあったが、あの大仰《おおぎょう》な外套《がいとう》は身につけておらず、手にもグローブをはめていなかった。

「――いたぞ。天河舞姫だ」

シノは小さく呟《つぶや》くと、望遠鏡から目を離《はな》さないまま、手探《てさぐ》りで椅子《いす》を探した。見つからなかった。状況《じょうきょう》を察したらしいほたるが持ってきてくれた。

そうこうしている間にも、舞姫の行動は続いていた。制服のボタンを外したかと思うと、上着を脱《ぬ》いでベッドの方に放《ほう》り投げ、シャツの袖《そで》を二《に》の腕《うで》の位置まで捲《まく》り上げる。そして背筋を伸《の》ばすようにぐぐっと身を反らしてから、窓際《まどぎわ》の机に向かい合うように腰《こし》掛《か》け、そこに置かれていたノートパソコンの電源を入れた。

「――よし、このまま可能な限り情報を収集するぞ」

シノが呟くように言うと、背後からほたるの怪訝《けげん》そうな声が聞こえてきた。

「えっと、可能な限りって……ただ見てるだけよね？」

「いや」

シノはゆらりと腕を持ち上げ、言った。

「私の〈世界〉を忘れたか？」

舞姫は自室で机に向かいながら、パソコンの画面とにらめっこをしていた。シャツの袖を腕まくりし、第一ボタンを開け、ついでに緩《ゆる》めたネクタイの先端《せんたん》を胸ポケットに入れるという作業スタイルで、画面に表示されたファイルをスクロールさせていく。

「うーん……やっぱりないか」

しかし、目当ての情報は見つからなかった。不満げに口をへの字にしながら腕組《うでぐ》みし、背もたれに身体《からだ》を預ける。

と、その瞬間《しゅんかん》。

「ふぎゃっ⁉」

露出《ろしゅつ》した腕に何かが触れるような感覚を覚え、舞姫は思わず素《す》っ頓狂《とんきょう》な声を発した。

その場に立ち上がって首を左右に振り、辺りを見回す。しかし、犯人など影形《かげ》もない。

舞姫は不気味な感覚に肩《かた》を抱《だ》いて身を震《ふる》わせた。

「えぇ……何これ……」

不安げに眉を歪めながら、先ほど何かが触れた腕に視線を落とす。風が肌《はだ》を撫《な》でていった、という感じではない。もっとはっきりとした……そう、指を小刻みに動かしながら人の手に触れられたような感触《かんしょく》であった。

「お、おばけとかじゃないよね……」

奇妙《きみょう》な感触を打ち消すように、腕をごしごしと擦《こす》る。

すると、そこで部屋の扉《とびら》がコンコン、とノックされた。

「ひっ!」

思わず息を詰《つ》まらせるが、落ち着いて考えてみればそれは別に怪奇《かいき》現象でも何でもなかった。呼吸を整えるように胸元《むなもと》に手を置いて、「はい」と声を発する。

『――お休み中すみません、八重垣《やえがき》です。少しいいですか?』

「ああ、青《あお》ちゃん……どうぞ」

聞き知った声に安堵《あんど》の息を吐《は》きながら答えると、すぐに扉が開いて青生《あおい》が入ってきた。

彼女もこの寮に住んでいるため、用がある際はこうして訪《たず》ねてくることも多いのである。

「……? お取り込み中でしたか?」

椅子から立って身構えている舞姫を不審《ふしん》に思ったのか、青生が首を傾げてくる。

「ううん、そういうわけじゃないんだけど、なんか今変なことが起きたんだよね……」

「変なこと……ですか?」

「うん、何かこう、誰《だれ》もいないのに誰かに触《さわ》られ……ッ⁉」

言葉の途中《とちゆう》で、舞姫はその場に飛び跳《は》ねた。理由は単純。先ほど首筋と腕に触れた見えざる手が、今度は太ももとお尻《しり》を丹念《たんねん》に撫で回してきたのである。

「うっ、わわわわっ⁉」

思わず叫《さけ》びを上げる。すると臀部《でんぶ》を味わい尽《つ》くした見えざる手が腰《こし》の方に上がり、お腹《なか》に回り、ゆっくりと胸元にまで至ると、そのままふにふにと乳房《ちぶさ》を揉《も》みしだき始めた。

「ギャーッ⁉」

「き、きゃぁぁっ！　何ですかそれっ！」

ここでようやく、青生も舞姫の身に起こっている異常に気づいたらしい。それはそうだ。何しろ、誰が触《ふ》れているわけでもないのに、舞姫の胸元がぐにぐにと形を変えているのである。まるで体内にエイリアンでも寄生しているかのような様相だった。

「あ、青ちゃぁぁぁん！　取って！　これ取ってぇぇっ！」

「と、取ってと言われましても……っ⁉」

舞姫の部屋に、二人の叫び声が響《ひび》き渡《わた》った。

「……ふむ」

潜伏《せんぷく》用の自室で椅子に座って望遠鏡を覗き込みながら、シノは両手の指を大胆《だいたん》に、ときに繊細《せんさい》に動かし続けていた。

無論、個性的な創作ダンスの練習をしているわけではない。〈空喰《うつはみ》〉の応用で、視線の先に見える舞姫の身体に触れているのである。レンズを通すと多少感度が鈍《にぶ》るため、指先に全神経を集中せざるを得ないのだ。

「……あの、シノ。何やってるの？」

ほたるが問うてくる。シノは視線を舞姫から逸《そ》らさぬまま唇《くちびる》を動かした。

「天河舞姫の身体を触っている」

「…………」

「今は胸を調べている」

「……………………痴漢《ちかん》じゃないの、それ」

「調査だ」

心外に過ぎるほたるの言葉に、シノは大真面目《おおまじめ》な声で答えた。

「いや、許可なく女の子の胸に触るのって、どんな大義名分があってもギリギリアウトな気がするんだけど……」

「暗殺はアウトではないのか？」

「……ええと、うん、ゴメンナサイ」

シノが言うと、ほたるは存外素直に頭を下げた。

「でも、調査っていっても、天河舞姫の胸を触って何かわかるものなの……？」

ほたるが疑わしげに聞いてくる。シノは片手で胸に、片手で頰《ほお》に触れながら答えた。

「乳房というのは脂肪《しぼう》の塊《かたまり》だ。それゆえ基本的に、筋力トレーニングを繰《く》り返すと胸筋が発達する代わりに乳房は小さくなる。女性アスリートの体格を見ればわかるだろう。無論個人差はあるがな」

「ああ……確かに」

「しかし、天河舞姫の胸は、このように柔《やわ》らかい」

「……いや、このようにって言われてもわかんないけど」

「シャツと下着越《ご》しのためおおよそだが、恐《おそ》らく八〇センチのＤカップ」

「えっ、うそ、あの子そんなあるの？」

ほたるが驚いたように言い、なぜか自分の胸元に視線を落とす。

「……ていうか、なんでそんなのわかるの？」

「物事は全て観察から始まる」

「格言みたいに言われても」

「とにかくだ。天河舞姫の筋肉は、そこまで発達しているわけではない。これは、あの異様な膂力《りょりょく》が、命気《オーラ》のコントロールに頼《たよ》り切っているものであることの証明だ。──もし何らかの手段でそれを妨害《ぼうがい》することができれば、彼女の殺害は不可能ではなくなる」

「な、なるほど……」

ほたるが納得《なっとく》したようなしたくないような、微妙《びみょう》な返事をしてくる。

と、そこで、シノの視界の中で踊《おど》っていた舞姫が、窓を閉めてカーテンを閉じた。舞姫の姿が見えなくなり、手のひらから感触が消える。

「む……」

カーテンの向こうにうっすらと見えるシルエットは、何やら急いで身支度《みじたく》を整《ととの》えているようだった。多分、奇妙な現象の起こる部屋から一旦離《いったんはな》れようと窓を閉めたのだろう。

「外に出る可能性があるな。──行くぞ」

「えっ？　行くって……どこに？」

ほたるの問いには答えず、シノは舞姫と同じように窓とカーテンを閉めると、手早く身支度をして部屋を出た。

そして数分後。シノとほたるは都市の街区を歩いていた。

街路を歩く天河舞姫のあとを追って、物陰《ものかげ》に隠《かく》れながら。

「……ねえシノ」

「なんだ」

「私たちは一体何をやってるの？」

「無論、尾行《びこう》だ」

言いながら、持参していたデジタルカメラのシャッターを切り、天河舞姫の姿を写真に収める。その様子を、ほたるが頬をぴくつかせながら見てきた。

「ねえ、これってストーキング」

「尾行だ」

ほたるの言葉を遮《さえぎ》るように言う。

「言っただろう。天河舞姫を徹底的《てっていてき》に調査すると。部屋からの監視《かんし》はあくまでその一環《いっかん》に過ぎん。全《すべ》ては、任務遂行《すいこう》のためだ」

「そ、そう……」

ほたるは何やら腑《ふ》に落ちないような返事をしてきたが、シノはさして気にしなかった。

舞姫に気配を察知されないように身を潜《ひそ》めながら、時折写真を撮《と》っていく。

舞姫は今、制服の上に外套を羽織ったいつもの格好で、ゆっくりと街を歩いていた。綺麗《きれい》に舗装《ほそう》された広い街路の両サイドに、様々な店が建ち並んでいる。喫茶店《きっさてん》やパン屋などをはじめとして、服屋や雑貨屋までもが軒《のき》を連ねていた。

管理局から派遣《はけん》されてきた大人がやっている店も存在するが、多くは、経営やその他専門分野を学んだ生徒たちの手によって運営されている。出店するためには生徒会の許可が必要だが、審査《しんさ》をパスさえすれば店舗《てんぽ》を構えるための補助金が出るため、申請《しんせい》は途切《とぎ》れることがないという話だった。

「あっ、姫様《ひめ》！　今日はお休みなんですか？」

「新商品できたんです、試《ため》していってくださいよ！」

「こっちもこっちも！　姫様ー！」

と、舞姫がやってきたことに気づいたらしい店主たちが、次々と声を上げ始める。相変わらず人気のあることだった。

「おー、どれどれー？」

腕捲《うでまく》りをするような仕草をしながら、舞姫が店主たちと談笑《だんしょう》を始める。シノは建物の陰《かげ》に隠れながら、念のためその様子も写真に収めておこうと、シャッターに指をかけた。

と。

「……ん？」

シノは怪訝《けげん》そうに眉根《まゆね》を寄せた。まだシャッターを切っていないのに、カシャッ！　という音が聞こえてきたからだ。

音のした方に視線をやり――シノは小さく息を詰まらせた。

いつの間にそこに現れたのか、シノのすぐ隣《となり》に、一人の少女がしゃがみ込んでいたのである。シノと同じように手にカメラを持ち、舞姫の方にレンズを向けていた。

「わっ！　な、何、この子」

一拍遅《いっぱくおく》れて、ほたるがその少女の存在に気づいたらしい。驚《おどろ》きの声を上げる。するとと少女がビクッと肩《かた》を震《ふる》わせ、シノとほたるの方を見上げてきた。まるで、今の今まで二人の存在に気づいていなかったかのような様子だ。

長い髪《かみ》を三つ編みに結《ゆ》わえた、痩《や》せた体躯《たいく》の少女である。陰鬱《いんうつ》そうに歪《ゆが》んだ双眸《そうぼう》には分厚い隈《くま》が浮《う》かび、肌《はだ》は病人のように生白かった。

その身に纏《まと》っているのはシノたちと同じく神奈川の制服であったが、上着の下に着ているのは学校指定のシャツではなくモノトーンのパーカーだった。顔を隠すかのように、フードを目深《まぶか》に被《かぶ》っている。ついでに、なぜかやたらと目つきの悪いパンダのぬいぐるみをリュックのように背負っていた。

「一体いつの間に……」

「……っ！」

一瞬《いっしゅん》、シノと少女の目が合う。すると少女はすぐさま視線を逸らすと、背中に手を回し、バリバリッと音を立ててパンダのぬいぐるみを手に取った。——どうやら、マジックテープで肩ベルトに固定してあっただけらしい。

少女はパンダのぬいぐるみと向かい合うようにしながら、滔々《とうとう》と言葉を発し始めた。

「……一体何ですかあなたたちはなんでこんなところに隠れてるんですか」

「は……？」

シノは少女の奇妙《きみょう》な行動に、思わず目を丸くした。

「何をしている？」

「質問に質問で返さないでくださいあなたたちは何者です名を名乗りなさい」

「……、紫乃宮晶《しのみやあきら》だ」

「あ、凛堂《りんどう》ほたるです」

シノとほたるが答えると、少女はぬいぐるみにずいと迫《せま》るように顔を近づけた。

「そうですかわたしは音無柘榴《おとなしざくろ》ですそれで一体何のつもりですか紫乃宮さんここはわたし

の場所ですよそれにそのカメラ姫さんに向けられているようですけれど」

言って、少女——栢榴が一瞬ぬいぐるみから視線を外し、シノの手にしたカメラを見てくる。まあ、シノと目が合いそうになった瞬間、またぬいぐるみに視線を戻《もど》したが。

「ん？　いや、これは——」

シノは言いかけて、言葉を止めた。

それはそうだ。まさか、天河舞姫の殺害方法を探《さぐ》るために調査をしているだなんて言えるはずがない。

シノが答えに窮《きゅう》していると、栢榴が眉根を寄せて怪《あや》しむような視線を送った。パンダに。

「まさかあなた姫さんを盗撮《とうさつ》でもしていたのですか新聞部の人間には見えませんけれど一体何が目的ですコトと次第《しだい》によってはただではおきませんよ」

栢榴が捲《まく》し立てるように、しかし淡々《たんたん》と言ってくる。シノは首を横に振《ふ》った。

「落ち着け。これは純粋《じゅんすい》なる知的好奇心《こうきしん》と個人的趣味《しゅみ》による行動だ。他意はない」

「それ完全にただのストーカーな気がするんだけど……」

ほたるが小さな声で言ってくるが、とりあえず無視しておく。

すると、栢榴はしばし無言になったのち、納得したように首肯《しゅこう》した。

「なんだそうですかそれならば仕方ありませんね」

「えっ、それで通るの⁉」

ほたるが意外そうな声を上げると、柘榴がフンと鼻を鳴らした。

「要は姫さんのファンでしょうならばそれを咎《とが》めることはできません姫さんはこの憂《う》き世《よ》に舞《ま》い降りたマジ天使ですから人の心を惹《ひ》き付けてしまうのは防ぎようのないことです」

「そ、そうなんだ……」

困惑《こんわく》した様子でほたるが苦笑する。が、とりあえず誤魔化《ごまか》すことはできたようだった。

「――それで紫乃宮さんは姫さんの写真を何枚くらい撮ったのですか見せてください」

と、柘榴がパンダの方を向いたままシノに手を伸《の》ばし、カメラを貸してみろ、と言うように指をクイクイと動かしてきた。

「む……」

話がややこしくなるのは好ましくない。シノはカメラを柘榴に手渡《てわた》した。

柘榴がカメラを操作し、シノが撮った舞姫の写真を表示させていく。

とはいえ、本格的な調査を開始したのは今日であるため、そこまで枚数があるわけでもない。柘榴は十数秒で全ての写真を確認《かくにん》し終えたようだった。

「……ふふん」

そして、何やら不敵な笑《え》みを漏《も》らしてくる。

「何だ」

「まだまだですね」

柘榴はそう言うと、制服のポケットから何枚もの写真を取り出し、シノに手渡してきた。

「これは……はッ⁉」

シノはその写真に視線を落とし、身体《からだ》を震わせた。

その写真に写っていたのは、シノのそれと同じく舞姫の姿だったのだが——そのクオリティが段違《だんちが》いだったのである。

正確に合わされたピント。計算されたかのような構図。ここしかないという角度から捉《とら》えられた生の姿。天河舞姫という少女の一瞬を、この上なく美しく鮮《あざ》やかに切り取っていた。ロゴを入れれば、そのまま雑誌の表紙に使えそうな出来映《できば》えである。

「素晴《すば》らしい」

シノは思わず感嘆《かんたん》を漏らした。——主に、この精度ならば資料としては申し分ないという意味で。

「……ふ、ふふ……」

シノの声に、柘榴は何やらほんのりと頰《ほお》を染めながら含《ふく》み笑いを漏らした。どうやら、自分の写真が褒《ほ》められて嬉《うれ》しいようである。

「……姫さんファンのよしみですそれはお近づきの印に差し上げます先は長いですが精々《せいぜい》精進《しょうじん》してください」

「感謝する。しかし、一体どうやればこんな写真が撮れるんだ？」

「まずは最低限カメラの機能を使いこなせるようになることですでも一番大事なのは被写《ひしゃ》体《たい》に対する情熱と――あっ」

と、相変わらずパンダに向かって話しかけていた柘榴が何やら顔を上げる。

それにつられるように顔を上げると、先ほどまですぐそこにいた舞姫が随分《ずいぶん》と遠くまで歩いていってしまったことがわかった。

「……誤算でした早く追わないとではお先に失礼します」

柘榴は抑揚《よくよう》なくそう言うと、パンダのぬいぐるみを背中にペタリと貼《は》り付けて、その場にすっくと立ち上がった。

すると、次の瞬間、柘榴の姿がその場から掻《か》き消える。

「……!?　な――」

「き、消えた……!?」

シノとほたるは驚愕《きょうがく》に目を見開き、辺りを見回した。

「ねえ、シノ、あれ！」

と、何かを見つけたらしいほたるが、前方——舞姫が歩いていった方向を指さす。

そこには、看板の陰に隠《かく》れてカメラを構えた柘榴の姿があった。

「あの距離《きょり》を一瞬で移動したというのか」

シノは険しい顔をしながら口元に手を当てた。——常人にそんなことができるはずはない。詳細《しょうさい》はわからなかったが、間違いなく何らかの〈世界〉再現である。

「な、何だったんだろうね、あの子……」

「わからん。ただ——」

「ただ？」

「せっかくの高度な〈世界〉をストーキングなどに使うとは、悲しい奴《やつ》だ」

「…………」

シノが言うと、なぜかほたるが生暖かい視線を送ってきた。

◇

二日後。学校で座学と戦闘《せんとう》訓練を終えたシノは、ほたるを伴《ともな》って街路を歩いていた。

「シノ、今日はどこに行くの？　天河舞姫の監視《かんし》は？」——

後方から、ほたるが不思議そうに問うてくる。シノはちらとそちらを一瞥《いちべつ》したのち、こくりとうなずいた。

「ああ。監視は確かに必要だが、それだけでは足りない。多角的に情報を収集することも重要だ。――幸い、今日は火曜日だしな」

「火曜日？　曜日が何か関係あるの？」

シノの言葉に、ほたるが怪訝《けげん》そうに返してくる。

「大いにな。この調査は一週間のうち火曜と金曜、二日しか実施《じっし》できん。必然、尾行《びこう》や監視よりも優先順位は高くなる」

「……？　ちょっとよくわかんないんだけど……」

「すぐにわかる。――ほら、着いたぞ」

言って、足を止める。ほたるもそれに従いその場に停止し――ついでにシノの示したものを目にして、身体の動きさえ止めた。

「こ、ここって……」

「ああ。ゴミ集積場だ」

シノは自信満々にうなずいた。

するとほたるが、顔を青ざめさせながら頬をピクピクと痙攣《けいれん》させる。

「し、シノ……？　まさかとは思うけど……」

「ここから天河舞姫の出したゴミ袋《ぶくろ》を探し出す」

「いやぁぁぁぁぁぁぁぁぁぁぁぁぁっ⁉」

ほたるが頭を抱《かか》えながら絶叫《ぜっきょう》を上げる。とはいえそれは、シノの言葉が信じられないというよりも、嫌《いや》な予感が的中した、といった様子だった。

「駄目《だめ》……駄目よシノ！　百歩譲《ゆず》って監視と尾行はいいとしても、それやっちゃったらもうなんか人としてお終《しま》いな気がするわっ！」

「如何《いか》な大義があれ殺人を犯《おか》そうとしている者など、もはや人を名乗る資格すらないとは思わんか……」

「うぐ……ッ！」

シノが遠い目で言うと、ほたるが苦しげな表情をして言葉を詰《つ》まらせた。

「で、でも、人の出したゴミを漁《あさ》るなんて、そんな変態みたいな……」

「変態ではない、調査だ。それに、ゴミは重要な情報源だぞ。食生活の痕跡《こんせき》、趣味《しゅみ》嗜好《しこう》の把握《はあく》、不要になった書類などがあればなおいい」

「そ、そうかもしれないけど……！」

ほたるは未《いま》だ納得《なっとく》がいかないといった様子でブンブンと首を振っていたが、

「新たな情報が得られない限り手詰まりだが」

「う……っ」

シノがそう言うと、数秒の間絶望的な顔をし——諦《あきら》めたように大きなため息を吐《つ》いた。

「……わかったわよ。でも、この中からどうやって目当てのゴミを見つけるっていうの？」

ほたるが弱々しく肩《かた》を落としながら、目の前に広がる集積場を見回す。

集積場には都市中から出たゴミが全《すべ》て集められているわけで、量は相当なものであった。広大なスペースに、透明《とうめい》なゴミ袋が幾《いく》つも積まれている。そう簡単に、個人のゴミを特定できるとは思えない。

シノはゆっくりとうなずくと、ポケットから二組のゴム手袋を取り出し、片方をほたるに手渡した。

「頑張《がんば》ろう」

「嘘《うそ》でしょぉぉぉぉぉぉっ⁉」

ほたるは悲痛な叫《さけ》びを上げた。が、シノがぴくりとも表情を変えずにいると、やがて泣きそうな顔をしながらもゴム手袋を手に取った。

「……ああもう、やってやるわよ。で、手がかりとかは？　さすがに何の方針もなしに全部をチェックするのは不可能でしょ」

「ああ。昨日監視していた結果、天河舞姫は、先月分の出撃《しゅつげき》手当明細書、都市内にあるケーキショップ『ヴィエルジェ』の箱、穿《は》き古した靴下《くつした》を捨てている。それらが確認できたらキープしておいてくれ」

「……そ、そう」

シノがつらつらと述べると、なぜかほたるが辟易《へきえき》するように一歩後ずさった。自分から聞いてきたというのに、おかしな少女である。

「さあ、急ぐぞ。あまり時間をかけると、ゴミが焼却《しょうきゃく》されてしまう」

「わ、わかったわよ……」

シノが手術に臨《のぞ》む外科医のようにゴム手袋を手にはめると、ほたるも渋々《しぶしぶ》といった様子でそれに倣《なら》った。

そして、二人で集積場の中に入っていき、一つ一つゴミ袋を選別していく。

「これは、違う。これも――違うな」

「うう……くさい……くさいよう……」

と。シノが淡々《たんたん》と、ほたるが目に涙《なみだ》を浮《う》かべながら作業をしていると、背後から何者かの声がかけられた。

「――そこで何をしているのかな？」

「……！」

「だ、誰《だれ》……？」

シノとほたるは同時に振《ふ》り向いた。するとそこに、長身の少女が一人、腕組《うでぐ》みをして立っていた。ウルフカットの髪《かみ》に、どこか獣《けもの》を思わせる切れ長の双眸《そうぼう》。そして、口元を覆《おお》う長いマフラーが特徴《とくちょう》的であった。

「誰だ」

「三年の佐治原銀呼《さじはらぎんこ》だ。君たちは？」

少女——銀呼が、ハスキーな声で答えてくる。シノとほたるはそちらに向き直った。

「紫乃宮晶、二年です」

「り、凛堂ほたる、同じく二年です」

「ふむ……それで、どうしたんだい、こんなところで。……しかもその手袋。一体何を？」

「ああ、これは」

「あっ、あの、実はシノが大事なものを間違って捨てちゃって、それを探してて……！」

シノが答えようとすると、ほたるが慌《あわ》てた様子で手を振り、言葉を遮《さえぎ》ってきた。

「なるほど。それは災難だったね。しかし、こうもゴミが多いと探すのも大変だろう」

「は、はあ……まあ」

「よければ、手伝おうか」

「え？」

と、ほたるが首を捻《ひね》ると、軽快な身のこなしでひょいひょいとゴミの山を乗り越《こ》え、シノのもとに至ると、ゆっくりとマフラーを下ろした。今まで隠されていた綺麗《きれい》な鼻梁《びりょう》と薄《うす》い唇《くちびる》が露《あら》わになる。

「――少し、失礼するよ」

「……？　何を――」

シノが怪訝そうな顔をしていると、銀呼はシノの首筋に顔を近づけ、匂《にお》いを嗅《か》ぐようにすんすんと鼻を動かした。

「なるほど」

数秒ののち。銀呼はそう言ってシノから離《はな》れると、辺りをぐるりと見回した。

そして再び軽《かろ》やかにゴミの山を歩いていくと、集積場の奥から一つのゴミ袋を携《たずさ》え、シノたちのもとへ戻《もど》ってくる。

「これかい？」

「……！　これは」

シノは思わず息を詰まらせた。

銀呼の手にしていたゴミ袋の中には、今朝シノが捨てた栄養調整食品の空箱やゴム手袋のパッケージが入っていたのだ。

「間違いない。私が今朝捨てたものだ」

「ええっ⁉」

シノの言葉に、ほたるが驚愕《きょうがく》する。

しかしそれも当然だ。何しろ銀呼は、この広大な敷地《しきち》の中から、微塵《みじん》の逡巡《しゅんじゅん》もなくシノのゴミ袋を探し当ててみせたのである。

どういった類《たぐい》の〈世界〉再現かはわからなかったが——恐《おそ》らく、嗅覚《きゅうかく》のみで。

だが当の銀呼はさして自慢《じまん》げにするでもなく首肯《しゅこう》すると、ゴミ袋をシノに手渡《てわた》してきた。

「見つかってよかった。——さて、では僕も自分の探し物に移らせてもらうとするよ」

「探し物？」

シノが眉根《まゆね》を寄せると、銀呼は目を伏《ふ》せ、すうっと鼻から息を吸った。

そして数秒後、カッと目を見開き、先ほどと同じように迷いなくゴミの山を歩き、一つのゴミ袋を手に取る。

「——うん、今日も我が鼻に狂《くる》いなし」

銀呼は満足げにうなずくと、シノとほたるにヒラヒラと手を振ってきた。

「では、僕はこれで。今度は間違って大事なものを捨てないようにね」

「──待っていただきたい」

しかし。シノはその背後に声をかけた。銀呼が不思議そうに振り向いてくる。

「まだ何かあるのかい？　もしかして、捨てたゴミ袋が一つじゃなかったとか？」

「いや。──佐治原銀呼。あなたが手にしているそれに用がある」

シノは銀呼が携えているゴミ袋を指さしながら言った。銀呼が目をしばたたかせる。

「……？　おかしなことを言うね。これは君のゴミ袋ではないだろう？」

「ええ。だが、あなたのものでもないはずだ」

「…………」

シノの言葉に、銀呼の眉《まゆ》がぴくりと動いた。

そして数瞬ののち、何かを察したように表情を歪《ゆが》める。

「ふうん……『これ』が何かわかるってことは、君もその口か」

「空言《そらごと》であなたの手を煩《わずら》わせたことについては謝罪しましょう。だが、私もここまできた以上、手ぶらで帰るわけにはいかない」

「二人とも何を言って……って、あ──」

そのやり取りを不審《ふしん》そうに見ていたほたるが、何かを発見したように声を上げる。

彼女も気づいたのだろう。——銀呼の持つゴミ袋から、くたびれた黒の靴下や、ケーキショップの箱が覗《のぞ》いていることに。

そう。銀呼の目的はシノと同じく、天河舞姫のゴミ袋だったのだ。

「な、なんで佐治原先輩《せんぱい》が……？　はっ、もしかして天河代表に頼《たの》まれて……⁉」

「いや、これは僕の個人的な趣味《しゅみ》だ」

「臆面《おくめん》がなさすぎる⁉」

涼《すず》しい顔で言った銀呼に、ほたるが悲鳴じみた声を上げる。しかし銀呼は恥《は》じ入る様子もなく、むしろ手にしたゴミ袋を掲《かか》げるようにしながら続けた。

「何を負い目に感じることがあるのかわからないな。姫殿《ひめどの》の用いられたものを収集することは、僕のライフワークであると言っても過言ではない。如何《いか》な凡百《ぼんぴゃく》の既《き》製品《せいひん》であろうと、姫殿が触《ふ》れた、ただそれだけの理由で聖遺物と同等以上の価値を持つ宝物となるのさ。ゴミ袋という呼称《こしょう》も、姫殿のものにおいては相応《ふさわ》しくない。言うなればそう、夢袋」

陶酔《とうすい》したように言葉を並べ立てる銀呼を見て、ほたるが顔を戦慄《せんりつ》に染める。

「……ねえシノ、ヤバいよこの人。関《かか》わり合いになりたくないよ。もう帰ろうよ」

「そういうわけにはいかん。目の前に夢袋があるのにみすみす見逃《みのが》せるものか」

「呼び方うつってる⁉」

ほたるが絶叫《ぜっきょう》じみた声を上げるが、シノは銀呼から視線を動かさなかった。銀呼もまた、シノを見つめたまま動かず、そのまま数秒のときが過ぎる。

「――ふッ」

息を漏《も》らしたのは銀呼だった。唇を緩《ゆる》め、小さく肩をすくめてくる。

「君のように気骨《きこつ》ある若者を見たのは久しぶりだ。――いいだろう。先に集積場にいたのは君たちだしね。今日のところは山分けといこうじゃないか」

「感謝する」

シノが小さく頭を下げながら言うと、銀呼は懐《ふところ》から綺麗に折りたたまれたテーブルクロスのようなものを取り出し、地面に広げた。

そして舞姫のゴミ袋《ぶくろ》の口を解《ほど》き、中に入っていたゴミをそのテーブルクロスの上に丁寧《ていねい》に並べていく。その紳士《しんし》的な振る舞《ま》いに、ほたるが「ええ……」と眉をひそめた。

「さて……では分け方だけど、順に一つずつ、希望のものを取っていくという方法はどうかな？　もちろん、先手は僕がいただくけどね」

銀呼が指を一本立てながら提案してくる。

「異存ない」

「では遠慮《えんりょ》なく」

銀呼はにこりと微笑《ほほえ》むと、迷いなく手を伸《の》ばし、くたびれた黒の靴下を手に取った。

「僕はこの靴下をいただ──はうっ」

と、靴下を手元に寄せた銀呼が急に顔をだらしなく緩ませる。

「く、くぅーん……」

そして何やら、飼い主に甘える犬のような声を上げ、恍惚《こうこつ》とした表情をしながらうねうねと身を捩《よじ》った。

「……!?」

「さっ、佐治原先輩!?」

シノとほたるが驚愕に目を見開くと、銀呼はハッとした様子で、先ほど下ろしたマフラーで顔の半分を覆った。

「──あ、ああ、悪いね。マフラーを外していたのを忘れていた。いや、相変わらず姫殿ソックスの香り《フレグランス》は至極《しごく》だね」

ははは、と居住まいを正しながら、銀呼がシノの方に視線を向けてくる。

「さあ、次は君の番だ。好きなものを取りたまえ」

「待っていただきたい。靴下は左右別のはずだ」

「何だって？」

銀呼が、微《かす》かに眉を歪める。

「何を言っているんだ。靴下《くつした》は一対《つい》で初めて意味を成すものだ。セットは譲《ゆず》れないよ」

「ほう。ならば天河代表の靴下は、片方では価値がないものだと」

「ぐ……！」

シノの言葉に、銀呼が苦しげにうめいた。

「……ふん、痛いところを突《つ》くじゃないか。――いいだろう。片方持っていくといい」

「感謝する」

「構わないさ。――その代わり、僕は次のターンで、この『使いすぎで毛先の開いた歯ブラシ』をいただくけれどね」

「な……っ！　まさかそんなものが」

「くく、迂闊《うかつ》だったね。靴下と歯ブラシ、どちらかは取られてしまうと覚悟《かくご》していたが、君が墓穴を掘《ほ》ってくれて助かったよ」

銀呼が勝ち誇《ほこ》ったように腕組みしてくる。シノはギリと奥歯を噛《か》みしめながら銀呼を睨《にら》み付けた。

「何の……！　ならば私はこの、『使用済みのプラスチックスプーン』を貰《もら》う！」

「な——それに気づいただって⁉　ふ……なかなかやるじゃあないか。これは、僕もうかうかしていられないな」

「お褒《ほ》めにあずかり光栄だ」

「だが……これには気づかなかったようだね。『アイスキャンディーの棒』！」

「く……！　私のターン！『飲みかけのペットボトル』！」

「僕のターン！　ドロー！『使用済みのティッシュ』！」

「……ねえ、私先に帰ってもいい？」

ヒートアップする二人の背に、ほたるの疲《つか》れた声がかけられた。

◇

次の日。学校を仮病《けびょう》で休んだシノとほたるはとある場所を訪《おとず》れていた。

ホテルの中のような内廊《ろうか》下である。白を基調とした壁《かべ》に、天井《てんじょう》。床《ゆか》には分厚いカーペットまで敷《し》いてあった。

その一角で。シノはほたるを見張りに立てながら、一つの扉《とびら》の前に膝《ひざ》を突いていた。

両手に細長いピックを持ち、その先端《せんたん》を鍵穴《かぎあな》に差し入れてカチャカチャと動かしている。

「……さ、さすがにこれはまずいって、シノぉ……」

「静かにしろ。——開くぞ」

シノが言うと同時、鍵穴からカチャリという音が鳴った。

「よし、入るぞ」

「し、知らないからね、もう……」

弱々しく声を上げるほたるを伴《ともな》って扉を開け、部屋に入っていく。

扉の向こうには、予想以上に大きな部屋が広がっていた。滑《なめ》らかに磨《みが》き上げられた石製の玄関《げんかん》土間に、広々とした廊下。部屋の数はざっと見た限り四つはあった。

「ひぇ……ここ、本当に寮《りょう》よね？　高級マンション……っていうかお屋敷《やしき》って感じ？」

「仮にも都市首席だ。これくらいの部屋に住んでいても不思議はあるまい」

シノは後方に手を回し、今し方開けた鍵《かぎ》をロックしながら言った。

そう。今二人がいるのは、Ａ区画に位置する大型寮の最上階——天河舞姫の部屋だったのである。

「ああ……私ったら、ついに空き巣まがいのことまで」

「空き巣ではない。言うなれば秘密裏《ひみつり》に行う家宅捜索《そうさく》だ」

「うーん……」

ほたるは未《いま》だ腹を括《くく》れていないようだったが、シノは気にせず靴を脱《ぬ》ぐと、それを持参していた袋に収納して、手近な部屋に入っていった。

「ここは──寝室《しんしつ》か」

部屋の中を見回し、呟《つぶや》く。

寝室……というにはいささか広すぎる気がしないではなかったが、睡眠《すいみん》を取る場所を寝室というのならばここもその定義からは外れないだろう。部屋の真ん中に、五人くらいが並んで寝《ね》られそうな天蓋《てんがい》付きのベッドが置かれ、壁際《かべぎわ》に細緻《さいち》な細工の施《ほどこ》されたアンティーク棚《だな》が並んでいる。

「よし、ここからだ。──徹底的《てっていてき》に、しかし痕跡《こんせき》は残さずだ」

「りょうかーい……」

気が乗っているとは思えないほたるの声を聞きながら、何か舞姫の弱点を知るような情報がないか、捜索を開始する。

シノは手近なタンスを開けると、その中に入っているものを注視した。

「これは……」

そこに入っていたのは、小さく折りたたまれた下着だった。可愛《かわい》らしいフリルで飾《かざ》られたブラジャーに、可愛いんだか可愛くないんだかよくわからないウサギのキャラクターがプリントされたショーツである。

「ふむ……」

シノはそれをポケットに入れ——ようとしたところでほたるに腕《うで》を掴《つか》まれた。

「……何してるの、シノ？」

「資料の収集だが」

「いや何がわかるのよそれで！」

「身体《からだ》に直接纏《まと》う下着は、対象の体格を類推するのに非常に有用だぞ」

「とんでもない屁理屈《へりくつ》言い出した⁉」

ほたるが甲高《かんだか》い声を上げる。

「……ていうか一度戦ってるのに、体格を類推も何もないでしょ。そもそも、下着が無くなってたらさすがに気づくんじゃないの？」

「それもそうだな。では写真に収めておくか」

持参していたカメラで下着を、そして部屋の様子を撮《と》っていく。ほたるはなぜか諦《あきら》めたような顔でそれを見ていた。

「——ふむ、この部屋はこんなところか。では、最後にこれを置いていこう」

一通り写真を撮り終えてから、シノは腰元《こしもと》のポーチから小さな機械のようなものを取り出した。ほたるがそれを覗《のぞ》き込み、不思議そうに尋《たず》ねてくる。

「……？　何、それ」

「隠《かく》しカメラだ」

「盗撮《とうさつ》ッ!?」

ほたるの言葉に、シノは首を横に振《ふ》った。

「盗撮ではない。超《ちょう》法規的措置《そち》だ」

「なんか言い訳が雑になってきた気がするんだけど……」

「そんなことはない。――さあ、仕掛《しか》けるぞ、ほたる。できるだけ部屋の全域を見渡《みわた》せる位置が望ましい。この棚《たな》の上などちょうど……」

と、シノは棚の上に手を伸ばしたところで「ん？」と怪訝《けげん》そうな声を発した。

手に、何か硬《かた》いものが触《ふ》れたのである。

「なんだ、これは」

「え？　なんだって……何もないじゃない」

ほたるがシノの行動を見てか、不審《ふしん》そうな顔を作ってくる。だがそれも無理からぬことではあった。理由は単純。シノが手を触れている位置には、何、も、な、か、っ、たのだ。

否《いな》……正しく言うのなら違《ちが》う。目で見ても何も確認《かくにん》できないが、手を伸ばすと、確かにそこに小さな箱らしきものの感触《かんしょく》があるのである。それをつまみ上げて手渡《てわた》すと、ほたるが驚愕《きょうがく》に目を見開いた。

「わっ、何かある⁉」

「そのようだ。……何らかの〈世界〉再現か。それとも……」

シノは考えを巡《めぐ》らせながら、部屋を横断し、別の角度からベッドを捉《とら》える棚の上にも手を伸《の》ばしてみた。するとそこにも、透明《とうめい》な何かが置かれていることがわかる。

「ふむ……」

「そこにもあったの？」

「ああ。一体誰《だれ》が何の意図で――」

と。もしかしたらまだ同じようなものがあるかもしれない、と壁に沿って歩みを進めていたシノは不意に何かにぶつかり、足を止めた。

「……ん？」

訝《いぶか》しげに眉《まゆ》をひそめ、進行方向上をジッと見る。やはりそこには何も確認できない。

だが、シノが右手を伸ばすと、何か柔《やわ》らかいものに触れたような感覚があった。

「やんっ」

そして、それと同時、そんな声が聞こえてくる。

「な――」

「ど、どうしたの？」

突然《とつぜん》響《ひび》いた声とシノの反応に驚《おどろ》いてか、ほたるが視線を寄越《よこ》してくる。

するとそれに応ずるかのように、何もなかったはずの空間に変化が現れた。

まるで布に色水が染《し》みを作るようにじわじわと歪《ゆが》みが広がっていき、一人の少女の姿を形作っていく。シノは一歩足を引くと、少し体勢を低くした。

「――ふふ、そんなに構えないでよぉ。姫《ひめ》ちゃんの部屋に忍《しの》び込んだお仲間じゃない」

突然その場に姿を現した少女は、ニッと唇《くちびる》を笑《え》みの形にし、シノとほたるに視線を寄越してくる。

ウェーブのかかった髪《かみ》で背を覆《おお》い隠した女である。制服の裾《すそ》から覗くレースと、唇の下にある笑いぼくろが特徴《とくちょう》的だった。

「おまえは」

「初めまして。私は隠谷來栖《なばりやくりす》。來栖で構わないわ。――ええと、シノに、ほたるちゃんでいいのかしら？」

來栖が、笑みを濃《こ》くしながら甘ったるい声で言ってくる。

ほたるは急に名を呼ばれたことで少し動揺《どうよう》していたようだが、シノはさほど驚かなかった。視線を外さぬまま、返す。

「私たちが入ってくるところから見ていたというわけか。あれも、おまえの仕業《しわざ》だな？」

言いながら、ほたるの手の中にある透明な物体を指さす。

すると來栖はふふんと得意げに鼻を鳴らしたのち、パチンと指を鳴らした。

瞬間《しゅんかん》、先ほどの來栖のように、ほたるの手の中にじわりと色が染み出――やがて、黒い機械の形を作っていった。

「わっ、わわっ！」

ほたるが慌《あわ》てた様子で突然色を持った物体をお手玉する。シノはその機械を見て軽く目を細めた。

「あれは……隠しカメラか」

「ええ。――ふふ、まさか私以外にここに侵入《しんにゅう》してくる人がいるとは思わなかったわ。しかも、私と同じ目的を持っているだなんて」

「お、同じ目的って……」

ほたるが、緊張《きんちょう》した面持《おもも》ちで声を震《ふる》わせる。

だがそれに反して、來栖は朗《ほが》らかな表情で頬《ほお》に手を当てた。

「やっぱり、姫ちゃんを外で見るだけじゃ我慢《がまん》できなくなっちゃったんでしょぉ⁉」

「……へ？」

熱っぽく頬を染める來栖に、ほたるの目が点になる。

「いや、わかる、わかるわよぉ。最初は遠くから見てるだけでよかったの。でも、段々と、誰にも見られていない姫ちゃんの秘密を独占《どくせん》したい欲求《よっきゅう》が鎌首《かまくび》をもたげてきて辛抱溜《しんぼうた》まらなくなっちゃったのよぉ。あなたたちもそうなんでしょ？」

「あ、あのー……」

「あら、違うの？」

「いや、違わない。姫ちゃんラブ」

「し、シノ⁉」

シノが無表情のまま手でハートマークを作ると、ほたるが声を裏返らせた。ほたるの方に歩いていき、耳元に口を近づける。

「……落ち着け。馬鹿《ばか》正直に本当の目的を言うわけにもいくまい。話を合わせろ」

「………………」

ほたるはしばしの沈黙《ちんもく》のあと、はぁとため息を吐《つ》いた。

「……姫ちゃんラブ」

そして、シノに倣《なら》うようにハートマークを作る。來栖がうんうんとうなずいた。

「そうよねぇそうよねぇ姫ちゃん超ラブリーよねぇ。うふふ、本当はここは私の縄張《なわば》りなんだけど、ここまで来られたあなたたちに免《めん》じて、一つだけなら、隠しカメラを付けさせてあげるわ。──あ、でもお風呂《ふろ》とトイレだけは駄目《だめ》よぉ？」

別に來栖の部屋ではないのだから許可も何もないのだが、カメラが仕掛けられるのであれば話を拗《こじ》らせるべきではないだろう。

「恩に着る」

「うんうん。──あ、でもさっきあなた、姫ちゃんの下着を盗《ぬす》もうとしてたでしょ。最終的に戻《もど》したからセーフにしておくけど、あれはいただけないわねぇ。いい？　姫ちゃんは愛《め》でる対象なの。触れることは神奈川全生徒への裏切りであり背信よ。私もたまにこうやって忍び込むけど、この能力を使って姫ちゃんに触れたことは一度もないわ。リピートアフターミー。イエス姫ちゃんノータッチ」

「イエス姫ちゃんノータッチ」

「……い、イエス姫ちゃんノータッチ」

來栖に倣い、シノとほたるが復唱する。

その後ほたるが來栖に聞こえないくらいの声で、

「……神奈川ってこんな人ばっかりなの……？」

と呟《つぶや》いていた。

第三章　死神と番犬

月明かりに照らされた神奈川《かながわ》は、日中の喧噪《けんそう》が嘘《うそ》のようにシンと静まりかえっていた。

海岸沿いの監視塔《かんしとう》は昼夜を問わず〈アンノウン〉を警戒《けいかい》しているものの、都市部の夜は基本的に静謐《せいひつ》なものである。

もちろん各々《おのおの》の部屋に集まって夜話やゲームに興じる生徒くらいはいたが、店舗《てんぽ》等の深夜営業が一部を除いて原則禁止されているため、外を出歩くような物好きはそう多くなかった。

しかし夜の帳《とばり》が下りてなお、神奈川の学舎には、未《いま》だ明かりが灯《とも》っている部屋があった。

——生徒会室である。

部屋の中にある息づかいは、四つ。舞姫《まいひめ》に仕える四天王が、再集結していたのである。

〈音無き死神《サイレント》〉、〈番犬《アイギス》〉、〈不可視伯《インビジブル》〉、そして——〈姫を導く者《プリンセスロード》〉の名で呼ばれる、都市ランク上位の者たちが。

「それで……」

〈番犬《アイギス》〉が、口元を覆ったマフラーを微《かす》かに震わせながら声を上げる。

「僕たちを呼び出したってことは、例の生徒の映像が手に入ったってことかな？」

「はい、こちらです」

〈姫を導く者《プリンセスロード》〉がそう言って、手元のコンソールを操作する。すると部屋の天井《てんじょう》に取り付けられていたプロジェクターから、スクリーンに向かって映像が映し出された。

映像に収められていたのは、都市内にある訓練場の内部だった。客席に囲まれたフィールドに、大きな剣《けん》を携《たずさ》えた舞姫が堂々たる姿で立っている。それがスクリーンに投映された瞬間、四人中三人が感嘆《かんたん》にのどを鳴らした。

「やぁん、やっぱり姫ちゃんは格好いいわねぇ。ねえねえ、別アングルのはないの？　余すところなく姫ちゃんの魅力《みりょく》を切り取ったものはないの？」

「うん。精悍《せいかん》でありながら可憐《かれん》。勇猛《ゆうもう》でありながら優美。惜《お》しむらくは、映像では汗《あせ》の匂《にお》いが感じ取れないことだね」

「……素晴《すば》らしいですねとはいえ被写体《ひしゃたい》の力に頼《たよ》りすぎている感は否《いな》めません私ならもっと素敵に姫さんを撮《と》ってみせます」

と、思い思いに身をくねらせたり鼻をひくつかせたりぬいぐるみに喋《しゃべ》りかけたりしながら三人が口元を綻《ほころ》ばせる。

だが、画面の中で舞姫と一人の生徒が対峙《たいじ》した瞬間、三人の眉がピクリと動いた。

「あらぁ？」

「ん？　この生徒は……」

「……この人」

「？　どうかしましたか？」

〈姫を導く者《プリンセスロード》〉が問うも、三人は答えず、何やら思案するようにあごを撫《な》でた。

◇

太陽が学舎の真上に昇《のぼ》り切った頃《ころ》。シノとほたるが所属する高等部二年D組の教室は、賑《にぎ》やかな喧騒《けんそう》に包まれていた。

ちょうど出力兵装応用の座学が終わって、昼休みに入ったところである。生徒たちは友人と連れだって学食に向かっていた。

前線において食餌《しょくじ》とは重要な生命維持《いじ》活動であり、同時に娯楽《ごらく》の一つであった。食べ物の質は生徒たちの体調に直結し、味の善《よ》し悪《あ》しは容易に戦意を増減させる。そのため、食材の選定と調理には管理局も都市運営委員も非常に気を遣《つか》っていた。

前線に都市を保有し、且《か》つ千葉《ちば》のプラントから安定供給される食料《しょくりょう》があるからこそ可能となった、贅沢《ぜいたく》な仕様である。かつて〈アンノウン〉たちと死闘《しとう》を繰《く》り広げた大人たちが涙《なみだ》を流して羨《うらや》ましがるであろうことは想像に難《かた》くない。

だがそんな中、シノは一人、学食にも向かわずに収集した資料とにらめっこをしていた。

「シノ」

頭上から、名を呼ぶ声が聞こえてくる。シノはちらとそちらを一瞥《いちべつ》した。

「授業中からずっとそれ見てたでしょ。いけないんだー。先生に言っちゃうぞー」

ほたるが冗談《じょうだん》めかすような口調で言ってくる。シノは資料を繰りながら口を開いた。

「座学で教わる程度の応用法は既《すで》に習得している。それに、目的のため知識を積むというのなら、私たちにはこちらの方が理に適《かな》っているだろう」

「それはそうなんだけどさ。普段《ふだん》はもう少し普通《ふつう》の生徒っぽくしておいた方がいいんじゃないかなー……って。いざ事を起こしたとき、疑われるよりは疑われない方がいいし」

「それは当然だろう。今さら何を言っている。目立たず騒《さわ》がれずは潜入《せんにゅう》の初歩だ」

「……ああ、うん、そうね」

ほたるが何だかもの凄《すご》く微妙《びみょう》そうな顔をする。シノはその表情の意味がわからず、もう一度首を傾《かし》げた。

「それより、成果はあったの？」

ほたるが声をひそめるようにして問うてくる。

「ああ。資料は揃《そろ》った。観察も十分できた。――今の私なら、一拍《いっぱく》あとに天河《てんかわ》舞姫がどのような行動を取るかさえわかる」

「……うん、すごいことなんだけど、なんだろう……うん……」

なぜか苦い顔でほたるが言ってくる。が、シノは気にせず続けた。

「とにかく、天河と一対一の状況《じょうきょう》を作れれば、可能性はある。それゆえ昨日から天河舞姫の行動パターンを纏《まと》め、一人になることが多い時間帯を探《さぐ》っていたのだが……このままでは、不意を突《つ》くことはおろか、一対一の状態に持ち込むことさえ困難かもしれん」

「どういうこと？」

「どうやらこの神奈川には、天河舞姫を守護する『四天王』と呼ばれる者たちがいるらしい。各々が都市トップクラスのランカーであり、義務でも営利目的でもなく、ただ純粋《じゅんすい》な崇敬《すうけい》と親愛を以《もっ》て天河舞姫に仕える封建《ほうけん》主義的集団であるという話だ。奴《やつ》らを排除《はいじょ》しない限り、天河舞姫を殺《と》ることは不可能だろう」

「し、四天王……？」

シノの言葉に、ほたるがたじろぐような様子を見せる。

「ああ。だが、殺すのは上手《うま》くない。側近が不審《ふしん》な死を遂《と》げれば警戒されてしまうだろう。

できるだけ奴に違和感《いわかん》を与《あた》えずに四天王を遠ざけねばならない」

「で、できるの、そんなこと……」

「やってみせる。そのための四課だ」

シノはそう言うと、端末《たんまつ》をしまい込んで立ち上がった。

「さて、では食事に行こう」

「え？　あ、うん……なんかあんまり食欲湧《わ》かないけど……」

「一度や二度の食事がとれないくらいで戦えなくなるのは戦士として恥《は》ずべきことだが、食事をとれる機会があるのに何も食べないなどというのは愚《ぐ》の骨頂《こっちょう》だ。いざというときのために最低限腹に収めておけ。その一口が生死を分けることもある」

「そ、そうだね……」

ほたるが苦笑《くしょう》しながらうなずいてくる。シノは小さくうなずくと、ほたるを伴《ともな》って教室を出ようとした。

と——そこで、廊下《ろうか》にいた生徒たちがにわかにざわめき出すのが聞こえてくる。

「ん……？」

「あれ、どうしたんだろう。何かあったのかな？」

言いながら、廊下を覗《のぞ》き込む。すると、生徒たちのざわめきを裂《さ》くようにして、廊下の奥から三人の少女たちが歩いてくるのが見て取れた。

「あれは――」

その姿を見て、シノは小さな声を発した。だが、次の言葉よりも早く、辺りの生徒たちの声が耳に入ってくる。

「……なっ⁉　し、四天王が三人も……⁉」

「ただごとじゃないぞ。何かあったのか？」

「えっ、すごっ、写真撮ってもいいかな……？」

「やめときなさいよ、怒《おこ》られるってば！」

などと、まるで芸能人でも現れたかのように生徒たちが色めき立つ。どうやら天河舞姫と同じく、彼女らもまた、シンボリックな存在として認識《にんしき》されているらしかった。

「四天王――だと？」

シノは耳に入った単語に眉《まゆ》をひそめた。四天王。先ほどのほたるとの会話にも出てきた、天河舞姫の側近たちである。

だがその表情は、突然《とつぜん》四天王が登場したことのみによるものではなかった。

――シノは、その四天王と呼ばれる者たちに、見覚えがあったのである。

「あ！　いたわよぉ」

と、四天王の一人——唇《くちびる》の下にほくろのある金髪《きんぱつ》の少女が、シノを指さして声を上げてくる。するとその指先に導かれるように、周囲の生徒たちの視線が一斉《いっせい》にシノに集まった。

「ああ、ホントだ。——シノくんだったかな。先日はどうも」

「…………」

さすがにもう誤魔化《ごまか》せまい。シノは観念したように息を吐《は》くと、廊下に歩み出て、その三人の前に立った。

そして、その目を見据《みす》えながら口を開く。

「——何か用か、音無柘榴《おとなしざくろ》、佐治原銀呼《さじはらぎんこ》、隠谷來栖《なばりやくりす》」

シノが名を呼ぶと、三人——銀呼と來栖が不敵に微笑《ほほえ》み、柘榴がなぜか目を逸《そ》らした。

そう。生徒たちから四天王と呼ばれていたのは、シノが舞姫を調査する上で遭遇《そうぐう》したストーカーたちだったのである。

「いやあ、用というほどのことでもないんだけれど、特別模擬《もぎ》戦で姫殿《ひめどの》と打ち合った転入生がいると聞いたものだから、少し顔を見にね」

「うふふ、映像を見てびっくりしたわよぉ。まさかそれが、あのとき、の生徒だったなんて。

——ただ、そうなってくると少し話が違《ちが》うのよねぇ」

「……何が言いたい？」

シノは語調を変えぬまま返した。

別に、彼女らの意図が読めないわけではない。模擬戦で舞姫に肉薄《にくはく》した転入生が、舞姫の周辺を嗅《か》ぎ回っていた。スパイの疑いを抱《いだ》くには十分だろう。

だが、かといってシノの目的が全《すべ》て知られているわけでもあるまい。恐《おそ》らく、彼女らは未《いま》だシノが白か黒かを判断しかねている。だからこそこうして、シノを揺《ゆ》さぶりにきたのだ。わざわざ動揺《どうよう》を見せてやる必要はなかった。

だがそこで、それまで沈黙《ちんもく》を保っていた柘榴が、背に負っていたパンダのぬいぐるみを引き剝《は》がしたかと思うと、それに喋りかけるように抑揚《よくよう》のない声を発してきた。

「……二人とも回りくどいですねいいじゃないですかはっきり言えばシノさん私たちはあなたが姫さんを嗅ぎ回っているのが気に入りません」

ぬいぐるみの首をガッと引き絞《しぼ》るようにしながら、続けてくる。

「だから完膚《かんぷ》なきまでにブッ倒《たお》してあげます私が勝ったらもう姫さんには近づかないと約束していただきます構いませんね」

そしてそう言って、ぬいぐるみに向かってビッと中指を立てる。

その言葉に、ほたるが驚愕《きょうがく》の表情を作った。

「……！　そ、それって……」

「――ランク戦、ということか？」

シノが視線を鋭《するど》くしながら言うと、四天王たちがフッと息を漏《も》らし、周囲の生徒たちがそれに反するようにごくりと息を呑《の》んだ。

それはそうだ。何しろ、四天王が転入生に決闘《けっとう》を申し込んだというのである。

神奈川は防衛都市。その存在理由は外敵から日本の国土を守ることにあり、基本的に生徒同士の私闘は御法度《ごはっと》だ。

だがそれが、あくまでも訓練を目的とした模擬戦であるのならば話は別だった。

そして、訓練であっても、正式な手続きを踏《ふ》んだ模擬戦においては、生徒たちの持つ戦績ポイントが変動する。――模擬戦が『ランク戦』と呼ばれる由来であった。

とはいえ基本的に、高ランクの生徒と低ランクの生徒が戦うことは非常に少ない。低ランクの生徒にとっては負けのわかった勝負になるし、高ランクの生徒は低ランクの生徒に勝ったところでポイントの加算が少ないからだ。

だからこそ、これは異常事態だった。だが同時に――好機でもある。

シノはフンと鼻を鳴らすと、柘榴を見据えたままうなずいた。

「いいだろう。その勝負、受けよう」

「シノ!?」

シノの返答に、ほたるが裏返った声を発してくる。だがシノはほたるに二の句を継《つ》がせず、そのまま続けた。

「しかし、戦績の変動以外に条件を付けようというのなら、そちらにも同じものを呑んでもらうぞ」

「……どういうことですか」

「言ったな、自分が勝ったなら、もう天河舞姫に近づくなと。――ならば私が勝ったなら、『おまえの場所』をもらおうか」

「……！」

シノが指を突《つ》きつけながら言うと、柘榴がぴくりと眉を動かした。

『おまえの場所』とは、柘榴の住居を言っているのでも、まして四天王としての地位を言っているわけでもなかった。

シノが舞姫を追っているときに遭遇した柘榴が用いた表現。

そう――シノは、舞姫を尾行《びこう》する権利を寄越《よこ》せ、といったのである。

銀呼と來栖はそれに気づいたのだろう。一瞬《いっしゅん》顔を見合わせたのち、「ふうん……」と面《おも》白《しろ》がるように頬《ほお》を緩《ゆる》める。

次いで柘榴が、忌々《いまいま》しげにチッと大きな舌打ちをこぼしてきた。

「……気に入りませんね不遜《ふそん》で不満で不快ですまるで私に勝てるみたいに」

ぬいぐるみの首を捻《ひね》り上げ、シノの方に顔を向けさせながら、柘榴が視線を鋭くする。

「ですが了承《りょうしょう》してあげましょうあなたに勝ちの目は――ありません」

紫乃宮晶《しのみやあきら》と音無柘榴によるランク戦が、決定した。

◇

そして次の日。舞姫との特別模擬戦に使用された訓練場には、またも多くの生徒たちが集まっていた。

しかし、それも当然といえば当然だろう。何しろ都市でも指折りの実力を誇《ほこ》る四天王の一角と、先日都市首席と接戦を演じた正体不明の転入生のランク戦なのだ。

「………………」

シノは無言で、フィールドから賑《にぎ》わう客席を眺《なが》め回した。

特別模擬戦のときとは違い、一人訓練場に立っているため、観客からの注目度は段違いである。先日の戦いでシノの名前を覚えたらしい生徒たちが歓声《かんせい》を上げ、新聞部と思《おぼ》しき生徒がひっきりなしにカメラのシャッターを切っていた。

あまり目立つつもりはなかったのだが、仕方ない。特別模擬戦で天河舞姫を仕留めきれなかった時点で、この程度のリスクは想定されたことだった。

実際そう判断していたからこそ、シノはこのランク戦を受けたのである。――身を隠《かく》せないのなら、堂々と権利を勝ち取るしかない。

別に、盗撮《とうさつ》のためのベストポジションが欲《ほ》しいわけではない。重要なのは、四六時中舞姫のうしろを付いて回っている柘榴を、殺すことなく排除《はいじょ》できるということだった。

と、シノがそんなことを考えていると、客席が何やらざわめきだした。

顔を上げ――すぐにその理由に気づく。都市首席・天河舞姫が、銀呼や來栖たちを伴い、外套《がいとう》の裾《すそ》を揺らしながら客席に現れたのである。

そして、用意されていた特設席に腰掛《こしか》け、ワクワクした様子でフィールドを眺めてくる。

さすがは四天王のランク戦である。都市首席までもが特等席で観覧するらしい。

「あっ！」

不意に、目が合う。舞姫はものっすごく嬉《うれ》しそうにブンブンと手を振《ふ》ってきた。

小さくため息を吐《つ》きながら目を逸らす。すると、客席からブーイングが漏れた。

「姫様が手を振ってるのになんだその態度はー！」

「そうよ！　失礼でしょーー！」

「…………」

あまり騒《さわ》がれても厄介《やっかい》である。シノは仕方なく、適当な調子で手を振った。

「姫様に色目使うなー！」

「そうよ！　身の程《ほど》を知りなさーい！」

「…………」

どうしろというのか。シノはもう一度ため息を吐いてから手を下ろした。

するとそれに合わせるように、訓練場に備えつけられたスピーカーから声が響《ひび》いてくる。

『――ではこれより、〈音無き死神《サイレント》〉音無柘榴対紫乃宮晶の模擬戦を開始いたしますッ！』

同時、観客席がわぁっと沸《わ》き上がる。

シノは小さく眉をひそめた。未だ訓練場には、シノ一人しかいなかったのである。

しかし――

「……ッ!?」

次の瞬間。シノは息を詰《つ》まらせた。

シノの前方、およそ一〇〇メートル。

そこに、一瞬前まで存在していなかったはずの柘榴の姿があったのである。

「な……」

瞬《まば》きの前とあとで世界が一変したかのような不可思議な感覚。その二つ名の通り音も無く、柘榴がそこに悠然《ゆうぜん》と立っていた。

装《よそお》いは昨日と変わらないが、手には身《み》の丈《たけ》はあろうかという出力兵装を握《にぎ》っている。長《なが》柄《え》に、弧《こ》を描《えが》いた刃《やいば》。まるで死神が命を刈《か》り取る大鎌《おおがま》である。柄の先についた、人相ならぬパン相の悪いパンダのストラップが、風に吹《ふ》かれて小さく揺れていた。

「……どうかしましたかシノさんあまり顔色がよろしくないみたいですけど」

くすくすと笑うように、柘榴が言ってくる。とはいえシノと目を合わせようとはせず、その視線は柄の先についたパンダストラップに向いていた。

「……気遣《きづか》い痛み入る。だが、何の問題もない」

「ふうんそうですかそれはよかったです私が勝ったあと実は体調悪かったのでこれは無効試合だーとか叫《さけ》ばれても困りものですし」

「勘違《かんちが》いするな。私が問題ないと言ったのは、私の体調に対してのみではない。――おまえがどんな〈世界〉を使おうが、どんな策を弄《ろう》そうが、私の前ではさしたる意味を持たない、と言ったんだ」

「……口の減らない人ですねまあ別にいいですけど」

そう言ってから、柘榴が客席にいる舞姫の方に身体《からだ》を向けて声を上げた。

「……音無柘榴この勝利を姫さんに捧《ささ》げます」

気の早い勝利宣言に、客席がわぁっと沸く。

柘榴はその喧噪《けんそう》が収まるまで待ってから、言葉を続けた。

「しかしただ戦うだけでは面白くありませんそこで姫さんもし私がシノさんを五分以内に倒せたら何かご褒美《ほうび》をください」

柘榴の言葉に、舞姫が目を丸くする。

「え？　いいけど、何が欲しいの？」

「……ひざまくらしながら頭ポンポン権をいただきたく」

「あはは、そんなのでいいの？　いいよ。頑張《がんば》ってね！」

「ありがたき幸せです」

柘榴がぺこりと頭を下げる。

そしてくるりと身体の向きを戻《もど》してから、シノの方に大鎌の刃を向けてきた。

それに応ずるように、シノは姿勢を低くし、鞘《さや》に収めた刀型出力兵装『三八式』の柄《つか》を握って、抜刀《ばっとう》の構えを取った。

二人の構えを確認《かくにん》してか、わいわいと賑わっていた客席が、徐々《じょじょ》に静まっていく。

それに合わせ、スピーカーから、開戦の合図が発された。

『それでは、試合——開始ッ！』

「────ッ」

瞬間。

シノは柘榴の姿を見据《みす》えたまま、刀を鞘から走らせた。

柘榴の〈世界〉再現を二度目にしたシノの結論。それは、最速最善の一撃《いちげき》で、相手に〈世界〉を使わせる間もなく打ち倒《たお》すというものだった。

剣閃《けんせん》が煌《きら》めき、シノの視界の先にその剣撃の威力《いりょく》が再現される。次の瞬間にはシノの手に肉を打った手応《てごた》えと、敵の苦悶《くもん》が伝わってくるはずだった。

──だが。

「……！」

シノは息を詰まらせた。シノが抜刀すると同時、柘榴の姿が視界から掻《か》き消え、シノの刀が空《むな》しく空を切ったのである。

シノは対象が『見えて』さえいれば斬《き》ることができる。だがそれは裏を返せば、視界から外れたものには〈世界〉の効果を及《およ》ぼすことができないことを表していた。

その刹那《せつな》、背後に気配を感じ、咄嗟《とっさ》に姿勢を低くする。すると一瞬前までシノの頭があった位置を、鎌の刃が通り抜《ぬ》けていった。

「──おや避《よ》けましたか勘がいいんですね」

柘榴の声が頭上から聞こえてくる。――不自然な体勢で攻撃《こうげき》を避けたため、その姿を確認することは叶《かな》わない。シノは身体を捻り、柘榴の足を薙《な》ぐように刀を振った。

だが、またも手応えはなかった。次の瞬間には、柘榴はシノの前方に移動し、高々と鎌を振り上げていたのである。

「く――」

シノは息を漏《も》らすと、その場から後方に飛び退《の》いた。一瞬あと、命気《オーラ》を纏《まと》った鎌の刃がシノのいた場所に炸裂《さくれつ》し、地面を抉《えぐ》って土煙《つちけむり》を上げる。

その柘榴の姿を視界に捉《とら》えながら刀を振るう。しかし柘榴はそれに合わせるかのように姿を消し、再び最初の位置に戻った。

「…………」

頬を、汗《あせ》が伝う。予想を遥《はる》かに超《こ》えた速さである。予備動作も前触《まえぶ》れもなく、まるで瞬間移動をしているかのように空間を歩いてシノの死角に移動する。なるほど、〈音無き死《サイレン》神《ト》〉とはよく言ったものである。

「大口を叩《たた》くだけあって結構やりますね姫《ひめ》さんと打ち合えたというのもあながち間違いではなさそうですでも――」

柘榴がパンダのストラップを睨《にら》みながら、トン、と地面を蹴《け》る。

「――逃《に》げてばかりでは私には勝てませんよ」

次いで聞こえたその声は、シノのすぐ右方から響いてきた。

「――ッ！」

刀を振り上げ、首を狙《ねら》ってきた一撃を防ぐ。それと同時、右目の端《はし》で柘榴の姿を捉えながら、左手を振り払《はら》った。

「わっ⁉」

シノの視界にあった柘榴の顔にその衝撃《しょうげき》が伝わり、柘榴が一瞬怯《いっしゅんひる》んだように目を閉じる。

しかし、追撃をすることはできなかった。一瞬あとには柘榴の姿が掻き消え、また別の場所に降り立っていたのである。

消えては現れ、現れては消え。極限まで突《つ》き詰めたヒット・アンド・アウェイで柘榴が攻撃を加えてくる。

まるで幽霊《ゆうれい》を相手にしているかのような感覚である。シノは反射神経と勘のみでそれに対応し、どうにか致命的《ちめいてき》な一撃を貰《もら》うのを避《さ》け続けるしかなかった。

だが、そんな綱渡《つなわた》りのような防戦がいつまでも続くはずはない。

「ぐ……！」

幾度《いくど》目かの攻撃。死角からの一撃が、シノの肩《かた》を打った。

致命判定は取られなかったものの、シノはそのまま地面に叩き付けられてしまう。しかし這《は》い蹲《つくば》ってはいられない。無防備な姿を晒《さら》していては、追撃を誘《さそ》うようなものである。シノは地面に膝《ひざ》を突きながらも上体を起こし、刀の切っ先を柘榴に向けた。

「おや今ので決まったと思ったのですがしぶといですね」

「……ち」

シノはそれが無駄《むだ》と知りつつも、柘榴の挙動を見据えながら刀を握る手に力を入れた。

と――そこで、

「……?」

視界の端にキラリと輝《かがや》くものを見つけ、シノは微《かす》かに眉根《まゆね》を寄せた。

シノの足下《あしもと》。先ほど柘榴が鎌で抉り取った地面の中から、小さなコインのようなものが顔を出していたのである。

「……まあこんなところですよねよくがんばったと思います」

柘榴は呟《つぶや》くと、地面に膝を突きながら睨み付けてくるシノに武器を向けた。

実際、シノは予想以上に強かった。柘榴の〈世界〉相手に攻撃を捌《さば》き切るばかりか、ダメージというにはほど遠いとはいえ、栢榴の身体に触《ふ》れることにさえ成功していたのだ。こんな経験は、他《ほか》の四天王と戦ったとき以来である。

「ふ――ッ」

すると、そこでシノが、地面を蹴って栢榴に向かって飛びかかってきた。どうやらこのままでは埒《らち》が明かないと判断し、戦い方を変える気らしい。

栢榴はフフンと鼻を鳴らした。訓練場中を自由に闊歩《かっぽ》する栢榴を相手に、それは悪手《あくしゅ》中の悪手である。

栢榴はシノの攻撃を避けるように数メートル後方へと移動すると、シノを翻弄《ほんろう》するように、絶妙《ぜつみょう》な距離《きょり》を取りながら連続してシノの周囲に姿を現していった。シノはそれに追いすがるように走り続けていたが、すぐにそれが無駄な行動であることを悟《さと》ったのか、その場に足を止めた。

「く……」

前方に、後方に、左方に、右方に。栢榴の姿が出現するたび、シノが慌《あわ》ただしく首を振《ふ》ってその姿を捉えようとする。その様がなんとも滑稽《こっけい》で、栢榴は思わず唇《くちびる》を緩《ゆる》めた。

「……さてじゃあそろそろ終わりにしてあげます」

栢榴は大鎌をぐるんと振ると、その先端《せんたん》をシノに構え――〈世界〉を再現した。

すると次の瞬間、柘榴はシノの後方へと移動していた。そのままシノ目がけて、大鎌型の出力兵装を振るう。

シノはその攻撃を察知し、刀で防御《ぼうぎょ》しながらその場から飛び退いた。

だが、それは予想通りの行動である。柘榴はシノが反撃《はんげき》態勢を整える前に、再びシノの死角へと回り込んで鎌を振るった。

今までの様子から見て、シノが連続して柘榴の攻撃を捌《さば》ける限界は、五回から六回。即《すなわ》ち連続して死角からの攻撃を放っていれば、すぐに限界が訪《おとず》れるのである。

目にも留まらぬ連撃のあと。柘榴は姿勢の崩《くず》れたシノに七撃目を叩き込むために地面を蹴った。

「終わりです」

そして柘榴はシノの右後方に出現し、出力兵装をその無防備な首へ――

「……へっ?」

だが、柘榴は素《す》っ頓狂《とんきょう》な声を上げた。

柘榴が移動した先。その目の前に、シノが正面を向いて刀を構えていたのである。

「なんで――」

確かに、柘榴はシノの死角に移動したはずである。何度も再現してきた〈世界〉の感覚。

それを今さら間違えるはずがない。

しかし、今重要なのはそんなことではなかった。目の前に、臨戦態勢のシノがいるということである。早く意識を集中させて別の場所へ飛ばなくては――

だが、その一瞬の混乱が命取りである。柘榴が別の場所へと退避《たいひ》するより早く、シノの刀が柘榴の肩口に落とされた。

「あぐ……っ！」

柘榴は苦悶を漏らすと、そのまま地面に吸い込まれるように倒れていった。


「けふ……っ、けふ……っ」

仰向《あおむ》けに倒れ込んだ柘榴が、苦しげに咳《せ》き込む。

模擬《もぎ》戦用に緩衝《かんしょう》処理が施《ほどこ》されているとはいえ、金属の塊《かたまり》で叩き伏《ふ》せられたのである。しばらくは身動きが取れないだろう。

シノはそれを見下ろしながら、小さく息を吐《は》いた。急場の策であったが、どうにか上手《うま》くいってくれたようである。

「な、んで……こんな……」

柘榴が肩口を押さえながら、たどたどしい調子で言ってくる。

シノはそれに答えるように、地面からコインのようなものを拾い上げ、親指で弾《はじ》くようにして柘榴に示してやった。

「あ――」

それを見て、柘榴が驚愕《きょうがく》に目を見開く。

「やはりか」

その反応は、シノの仮説を裏付ける何よりの証左となった。シノは小さく呟くと、不思議な光沢《こうたく》を放つコインを矯《た》めつ眇《すが》めつした。

そう。先ほど、訓練場の地面から出てきたものである。

それが都市内で流通している通貨であったなら、シノもさして気に留めなかったかもしれない。しかし、見覚えのない意匠《いしょう》と不思議な金属光沢、そして滑《なめ》らかで吸い付くような感触《かんしょく》が、シノに疑問を生じさせた。

そのコインの材質は、シノたちが扱《あつか》う出力兵装に使われる、命気《オーラ》伝導率の高い金属と同じものだったのである。

それに気づいたシノは一つの仮説を立てた。柘榴は好きな場所に無制限に移動できるのではなく、あらかじめマーキングした場所にしか移動できないのではないか――と。

つまり、柘榴はあらかじめ訓練場の至る所にマーキングコインを埋《う》めておき、それを辿《たど》るようにして移動していたのではないかと考えたのである。

実際、それを示すように、柘榴の移動箇所《かしょ》は一見ランダムなように見えて、一定の法則性を持っていた。

そこでシノは、発見したコインを一枚手の中に忍《しの》ばせたまま戦いを進め、自分の持つコインに向かって柘榴が移動してくるよう誘導《ゆうどう》したのである。

「そッ、んな――馬鹿《ばか》な……仮に私の〈世界〉に気づいたからって私がいつそのコインに移動するかなんて――」

「ああ。だから、観察した。私がどこにいたら、おまえがどこに現れる確率が高いかをな」

「な……」

「それに、もう一つ。先日おまえが見せてくれた天河舞姫の盗撮《とうさつ》写真は、右後方からのショットがもっとも多かった。フィニッシュを決めるのなら、得意とする位置に移動したがるのではないかと当たりを付けていた」

シノは、手にしていたコインを柘榴の胸元《むなもと》に放《ほう》った。

「覚えておけ。――物事は全《すべ》て観察から始まる」

刀を鞘《さや》に収めながらシノが言うと、栢榴は信じられないといった様子で目を見開き、シノの方を見てきた。思えば、栢榴と目を合わせたのはこれが初めてであるような気がした。

「う……ぐぅ……」

栢榴はそううめくと、力なくがくんと顔を横に向けた。

『き、決まったぁぁぁぁっ！　なんと、なんとなんとの大番狂《おおばんくる》わせ！　転入生紫乃宮晶が、四天王の一角を崩したぁぁぁぁぁぁぁぁッ‼』

スピーカーから実況《じっきょう》の声が響《ひび》き渡《わた》り、それに合わせて客席が大きな喚声《かんせい》とどよめきに包まれる。

ともあれ、シノの勝利である。これで、部屋から出た舞姫を追う者はいなくなった。これならば、彼女が一人になるタイミングが生まれるかもしれない。

と——そこで、シノはピクリと眉《まゆ》を揺《ゆ》らした。

戦う前に、栢榴が言っていたことを思い出したのである。

担架《たんか》で運ばれる栢榴を見送ってから顔を上げ、客席に座っていた舞姫の方を見る。

「——天河舞姫！」

そして、喧噪《けんそう》に負けぬよう声を張り上げた。

「……？　なに、シノ」

柘榴を心配そうな眼差《まなざ》しで見ていた舞姫が、シノの方を向いてくる。シノはその目を見つめながら言葉を続けた。

「勝負が決したのは、試合開始から五分以内だ。――私にも、『ご褒美《ほうび》』とやらを貰《もら》う権利があるな？」

「な……ッ」

シノの言葉に息を詰《つ》まらせたのは、舞姫自身ではなくその隣《となり》に控《ひか》えた銀呼だった。

「何を言っているんだ！　あれはあくまで柘榴が姫殿《ひめどの》とした約束じゃあないか！」

「ふむ……なるほど。それも一理ある。――ならば、改めて要求させていただこう。天河舞姫、私が五分以内に勝ったなら、『ご褒美』とやらを寄越《よこ》せ」

シノが言うと、舞姫が目をまん丸に見開いた。

「へっ？　勝ったらって……もう勝負はついちゃったよ？」

確かに舞姫の言うとおりである。だが、シノは舞姫の両脇《りょうわき》に控えた残りの四天王――銀呼と來栖に視線をやった。

「佐治原銀呼、隠谷來栖。都市首席に次ぐ四天王の一人が転入して間もない生徒に倒《たお》されてしまったぞ。このまま模擬戦を終えていいのか？」

「……なっ。シノ、君は」

「へぇ……？」

銀呼と来栖が、うなるように言ってくる。シノは挑発《ちょうはつ》的に指をクイ、と曲げてみせた。

「名誉挽回《めいよばんかい》のチャンスをくれてやると言っているんだ。──まさか、消耗《しょうもう》した私と戦うのが怖《こわ》いとは言うまい？」

『おぉぉぉぉッと!? なんと！　挑戦者紫乃宮晶、四天王を挑発だぁぁぁぁッ！』

実況の声が派手に煽《あお》り立てる。予想外の事態に、客席が沸《わ》きに沸いた。

銀呼はギリと奥歯を噛《か》みしめるような表情をすると、舞姫の方に向いて頭を下げた。

「……姫殿、お願いがあるんだ」

「うん、いいよ。やってきて」

舞姫は、銀呼の言葉を最後まで聞かず、大仰《おおぎょう》にうなずいた。

「すまない、恩に着る。君を賭《か》けるような真似《まね》を許して欲しい。でも──」

銀呼がキッとシノの方に視線を注いでくる。

「安心して。僕が勝つから」

そしてそう言うと、銀呼はそのまま足を縮め、一気にフィールドまで跳躍《ちょうやく》してきた。

「君にも言っておこう。すまないね、シノ。確かに君の言うとおりだ。最強たる姫殿に仕える僕たち四天王が、どこの誰《だれ》ともわからない生徒に負けるだなんて、あってはならない」

そう言って、銀呼は右手を高く掲《かか》げた。するとそれに応ずるように、客席から出力兵装が投げ込まれる。

銀呼が、その兵装を慣れた様子で右手に装着する。──五本の刃《は》が、爪《つめ》のように備わった手甲《てっこう》。その様は、まるで大型の肉食動物を思わせた。

「悪いけれど、もう戻《もど》れない。君はせっかくの勝利をふいにすることになるよ」

銀呼がニッと笑《え》みを浮《う》かべ、姿勢を前傾《ぜんけい》させる。

「問題ない。勝つのは私だ」

シノは小さく言うと、身体《からだ》を銀呼の方に向けて、一度収めた刀の柄《つか》に手を掛《か》けた。

『おぉぉぉぉぉぉぉぉぉぉッと!? まさかまさかの乱入者は、我らが四天王、〈番犬《アイギス》〉佐治原銀呼! 同胞《どうほう》の雪辱《せつじょく》を晴らすべく、戦場へと乗り込んだぁぁぁぁッ!』

スピーカーから、興奮した調子の声が響き渡る。予想外の事態に、会場のボルテージがさらに上がった。

だが、それに反するように、シノと銀呼、熱狂《ねっきょう》の渦《うず》の中心にいる二人は、互《たが》いを見据《みす》えながら静かに相手の動向を探《さぐ》っていた。

するとその瞬間《しゅんかん》、銀呼の身体に異変が現れる。

「ぐ、るゥ、お、あ、お、おおおおお――」

銀呼が低いうなり声を上げたかと思うと、その身体に命気《オーラ》が満ち、小刻みに震《ふる》えていったのである。

そして、短く整えられていた髪《かみ》が急速に伸《の》び、背を覆《おお》っていった。まるで、ホラー映画に出てくる狼男《おおかみおとこ》である。どうやら、これが銀呼の臨戦状態であるようだ。

「――待たせたね」

銀呼が、先ほどより随分《ずいぶん》と長くなった前髪を手の甲で除《の》けるようにしながら言ってくる。

「じゃあ、始めようか」

するとそれに合わせるように、スピーカーから訓練場に声が響き渡った。

『それでは、予定外の連戦！　試合・開始ィィイッ！』

「――ふッ」

その合図と同時、銀呼が短く息を吐いたかと思うと、四足獣《しそくじゅう》のような前傾姿勢のまま地を蹴《け》った。

――人間とは思えない、出鱈目《でたらめ》な脚力《きゃくりょく》。先ほどの柘榴ほどではないにしろ、剣撃《けんげき》を当てるタイミングを摑《つか》みづらかった。

しかし、銀呼はシノに向かってくるのではなく、訓練場の上を巡《めぐ》るように走り続けた。

しかも、手甲の刃で地面を削《けず》るようにしながら。

一瞬、銀呼のしていることの意味がわからなかったシノだが——辺りに巻き上がった猛《もう》烈《れつ》な砂煙《すなけむり》に、その意図を察する。

「く、これは……」

「——悪いね。どうやら、君に姿を捉《とら》えられると厄介《やっかい》なことになるようだから」

砂煙の向こうから、銀呼の声が聞こえてくる。

恐《おそ》らく、舞姫との戦い、そして先の柘榴との戦いを見て、シノの〈世界〉を類推したのだろう。訓練場中に砂煙を巻き上げることにより己《おのれ》の姿を覆い隠《かく》し——尚且《なおか》つ、シノの目を潰《つぶ》しにきたのである。

嵐《あらし》のような砂煙の中では、まともに目を開けていることも難しい。シノは思わず左手で顔を覆った。

無論、そんな濃密《のうみつ》な煙幕《えんまく》の中では銀呼もシノの姿を見取ることはできないだろう。だが、シノは警戒《けいかい》を解かなかった。

先日ゴミ集積場で見せつけられた銀呼の力。無数にあるゴミの中から舞姫のものを探し当てる異常な嗅覚《きゅうかく》。あれがあれば、一方的に敵の居場所を知ることができるはずだった。

「————ッ」

瞬間、シノは殺気を感じ、刀を前方に構えた。すると次の瞬間、ギン！　という鈍《にぶ》い音とともに、手に重たい手応《てごた》えが現れる。

シノは小さく舌打ちをした。

――やはり、銀呼にはシノの位置がわかっている。このままでは、やられてしまうのは時間の問題だろう。

しかし、だからといって打開策があるわけでもなかった。無論接敵まで待てばその姿を捉えることは可能だろうが、攻撃《こうげき》を防ぐならまだしも、獣《けもの》のような身体能力を持つ銀呼と速さ比べをするのは非常にリスキーであった。だが――

「………………」

と。そこでシノは、とあることを思い出した。

それは、一つの可能性であった。上手《うま》くいく保証などはない。だが、他《ほか》に手がないことも確かだった。

シノは刀を鞘に収めると、抜刀《ばっとう》の構えを取るように姿勢を低くしながら、無言で懐《ふところ》に手を差し入れた。

目を閉じたまま精神を研《と》ぎ澄《す》まし――全神経を集中させて銀呼の気配を探る。

そして、数秒後。

「は――ッ！」

再び銀呼の気配を感じると同時、シノは勢いよく懐から『それ』を引き抜《ぬ》いた。

――懐に忍《しの》ばせていた、天河舞姫の靴下を。

「はにゃ……っ!?」

するとその瞬間、シノに肉薄《にくはく》していた銀呼が、素《す》っ頓狂《とんきょう》な声を発した。

一瞬、銀呼の動きが止まる。

シノはその隙《すき》を逃《のが》さず、閉じていた目を開くと、刀を抜いて銀呼の脳天をしたたかに打ち付けた。

「は……はにゃぁ……」

確かな手応え。銀呼は陶然《とうぜん》としたような声を残し、その場にくずおれていった。

――やがて煙《けむり》が晴れ、客席から訓練場が見取れるようになる。

『な……ッ!?』

そして、その光景を目にしたのだろう。スピーカーから、動揺《どうよう》の声が漏《も》れてきた。

『な、なァーんと！　信じられない！　煙の中で一体何があったのか!?　紫乃宮晶、まさかまさかの四天王二人抜きィィィッ！』

「………」

シノは無言で舞姫の靴下を懐にしまい込むと、そこにはもう一人の四天王・隠谷來栖が、悠然《ゆうぜん》と微笑《ほほえ》みながら座っていた。

「――それで。四天王が二人倒れたわけだが、おまえもやるのか？」

シノが言うと、來栖は手を口に当ててくすくすと笑った。

「うふふ、そうねぇ。せっかくだけれど遠慮《えんりょ》しておくわ。私はそもそもザクちゃんや銀ちゃんみたいに戦うのが好きなわけじゃないし。それに――」

指で唇《くちびる》をなぞりながら、続ける。

「あんまり勝手をすると、四天王最後の一人に怒《おこ》られちゃいそうだしね」

「四天王最後の一人……？」

「ええ。――通称《つうしょう》〈姫を導く者《プリンセスロード》〉。その名の通り、姫ちゃんの行動を支配する、神奈川の裏の顔役よ」

「……なんだと？」

來栖の言葉に、シノは視線を鋭《するど》くした。

天河舞姫を支配する。その言葉は聞き捨てならなかった。何しろ、シノはその天河舞姫を暗殺しにきているのである。

だが、いくら調査をしても、天河舞姫から、殺すに足るような理由が出てこないこともまた、確かであった。もしもその〈姫を導く者《プリンセスロード》〉とやらが裏で手を引いているとしたなら、管理局もまた謀《はか》られていることになるのでは——

と、シノがそんなことを考えていると、観客を押し分けるようにしながら、眼鏡《めがね》の少女が來栖のもとにやってきた。

「來栖さん！」

「あら、青《あお》ちゃん。遅《おそ》かったわね」

「お、遅かったわねじゃないですよ……一体何してるんですか」

言って、眼鏡の少女がはあとため息を吐《つ》く。

その顔を見て、シノは小さく眉《まゆ》をひそめた。どこかで会ったことがあると思ったが——道理。それは、先日この都市の情報を得るためにシノが拉致《らち》し、ほたるに『友だち』になってもらった少女であった。

「もう……急にみんなが私に仕事頼《たの》んでくるから嫌《いや》な予感はしてたんですよ……」

「うふふ、ごめんなさいねぇ。やっぱり例の転入生が気になっちゃって」

言ってから、來栖が思い出したように少女の手を取り、シノの方に視線を寄越《よこ》してくる。

「そうそう、紹介《しょうかい》しておくわ。こちら、八重垣青生《やえがきあおい》ちゃん。四天王最後の一人にして、〈姫を導く者《プリンセスロード》〉の名を持つ生徒よ」

「何……？」

シノはピクリと眉を揺《ゆ》らした。それはそうだ。シノは一度、彼女の背後を取り、拉致に成功しているのである。――舞姫はおろか柘榴、銀呼を超《こ》えるような戦士であるようには思えなかった。

「も、もう、やめてくださいよ來栖さん、そのあだ名……」

「ええ、いいじゃないの。格好いいわよぉ？」

「――八重垣青生」

シノが静かに名を呼ぶと、青生が弾《はじ》かれたようにビクッと肩《かた》を揺らした。

「はっ、はい、何ですか？」

「おまえが四天王最後の一人というのは本当か」

「……はあ、そうですすと言いますか、知らないうちに入れられていたと言いますか……」

なんとも歯切れ悪く青生が答えてくる。シノは不審《ふしん》そうに首を捻《ひね》った。

「神奈川の裏の顔役であると」

「裏って……だって、他の誰も生徒会の仕事しようとしないんですもん……」

「〈姫を導く者《プリンセスロード》〉――天河舞姫の行動を支配しているというのは」

「いえ、天河さんのスケジュールを管理してるだけですけど……」

「…………」

シノは数瞬考えを巡らせたのち、口を開いた。

「八重垣青生」

「はい」

「心中お察しする」

「……ど、どうも」

シノの言葉に、青生は疲《つか》れたような力ない笑みを浮《う》かべた。

シノはそんな青生から視線を切ると、特設席に座った舞姫に目をやった。

「——というわけだ。もはや、私を止める者はいない。さあ、約束を果たしてもらおう！」

「……！」

舞姫が、その声にピクッと肩を揺らす。

そしてそののち、観念したように手を上げた。

「わかった、いいよ。ひざまくらで頭ポンポンだよね」

「いや。それはあくまで音無がした要求だ。私の要求は少し違《ちが》う」

「え……？　じゃあ、私は何をすればいいの？」

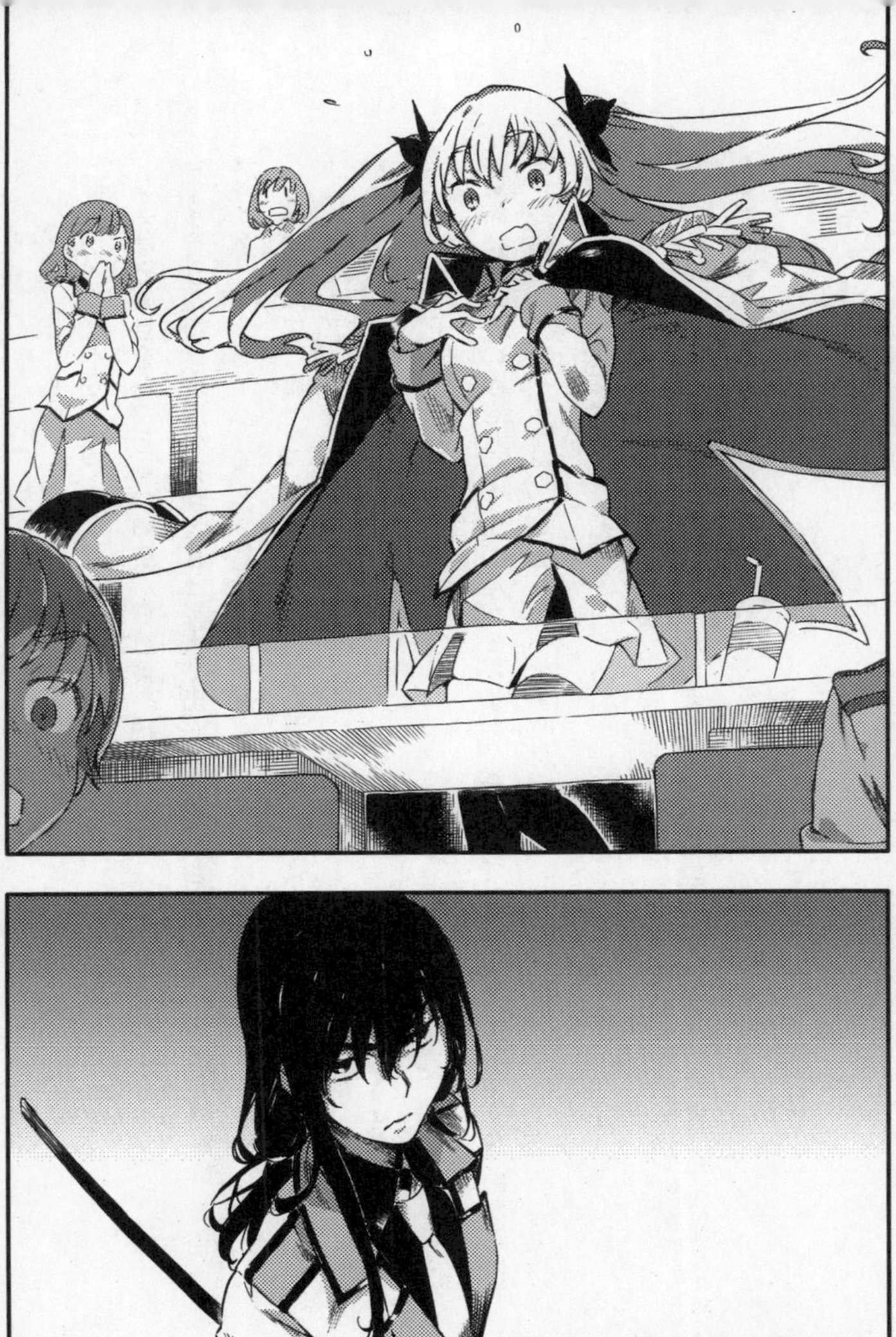

舞姫が、少し不安そうに問うてくる。

シノはその目をジッと見つめながら言葉を続けた。

「――そうだな。今度の日曜、私と二人で出かけてもらおうか」

「へっ？」

シノの要求に、舞姫と、その周りの生徒たちが驚《おどろ》いたように目を丸くする。

「そ、それって……」

「もしかして……デートってことですか？」

青生が頰《ほお》に汗《あせ》を垂らしながら言ってくる。

厳密には違うのかもしれなかったが……まあ、そうしておいた方が面倒《めんどう》がないのならば構うまい。シノはそう判断して小さくうなずいた。

「まあ……そうなるな」

すると、一拍《いっぱく》置いて。

「え、えええええええええええええええええっ⁉」

舞姫と観客の声が、訓練場を震《ふる》わせた。

第四章　暗殺者と標的のデート

自室で。シノは部屋中に並べられた天河舞姫《てんかわまいひめ》の資料に目を通していた。

シノが借りたばかりのときは殺風景であったこの部屋も、随分《ずいぶん》と賑《にぎ》やかになっていた。

……とはいえ部屋を飾《かざ》っているのは洒落《しゃれ》た家具や小物類などではなく、大判で印刷された舞姫の盗撮《とうさつ》写真や、舞姫の夢袋《ゆめぶくろ》から採取したお宝などであったのだけれど。

「シノー、いるー？　って……うわっ！」

と、扉《とびら》を開けて部屋に入ってきたほたるが、部屋の中を見て悲鳴じみた声を上げる。シノは手にしていた舞姫の資料から視線を外し、ほたるの方を向いた。

「ああ、ほたるか」

「……えっと、シノ。何これ」

「これ、とはどれのことだ？　写真か？　採取物か？　それとも撮影《さつえい》・録音機材か数値関係の資料か？」

「うんいや全部なんだけど。むしろなんでどれか一つだと思ったの？」

ほたるが、床《ゆか》に積まれた資料を避《よ》けるように部屋の中ほどまで歩いてくる。そしてそこから改めて部屋の全容を見渡《みわた》すように首を回し、頰を痙攣《けいれん》させるように苦笑《くしょう》した。

「……うん、これもし私が当事者だったら悲鳴上げて逃《に》げ出してると思うわ」

ほたるの言葉に、シノはさもあらんとうなずいた。

「それはそうだろう。情報は力だ。自分のことをこれほどまで詳細《しょうさい》に調べ上げた敵に対して、何の備えもなく挑《いど》むのは愚劣《ぐれつ》に過ぎる。逃げて態勢を立て直すのは賢明《けんめい》な判断だ」

「いやそうじゃなくて……まあいいわ。それより」

ほたるは少しムッとした様子であとを続けた。

「……なんで、あんな要求したの？」

「あんな要求、とは」

「……それは、あれ……天河舞姫とデートするって」

「ああ」

シノはほたるの方に視線をやった。

「それは方便だ。外部から集められる情報はあらかた集めたからな。邪魔《じゃま》を入れず本人と話をする機会が欲《ほ》しかっただけだ」

「なんだ……そっか」

ほたるはどこか安堵《あんど》するように息を吐いたのち、「ん？」と首を捻った。

「でも、話って一体何を聞くの？」

「ああ……まだ一つ、わからないことがある」

「わからないこと？」

「ああ。私は、可能な限り天河舞姫のことを調べ上げた。趣味嗜好《しゅみしこう》、身体的特徴《とくちょう》、行動パターン……それこそ、天河以上に天河を熟知しているといっても過言ではないくらいに」

だが、と難しげに息を吐いて、続ける。

「――それだけ調べても、彼女を殺すに足ると思われる理由が出てこない。ただの一つも、だ。それどころか、調べれば調べるほどに、善良な人間であることがわかってくる。暗殺指令が下る以上、それなりの理由があって然《しか》るべきだ。だというのに――」

「シノ」

と、シノがあごに手を当てながら疑問を発していると、その言葉を遮《さえぎ》るように、ほたるが名を呼んできた。

「……っ」

顔を上げてほたると目を合わせ、シノは微《かす》かに眉根《まゆね》を寄せた。

シノを見下ろすほたるの目が、見たことのない威圧感《いあつかん》に染まっていたのである。

「……まさか、管理局の命令に背《そむ》くつもりじゃないわよね？　ねえ。駄目《だめ》だよ、そんなの。天河舞姫は殺さないといけないんだから」

まるで何者かが乗り移ったかのように、ほたるが淡々《たんたん》と、しかし底冷えのするような声で言葉をこぼす。

シノはその様子にしばしの間怪訝《けげん》そうな顔を作ったが、すぐにフンと鼻を鳴らした。

「──言われるまでもない。管理局の命令は絶対だ。そのような理由で任務を放棄《ほうき》したりはしない。私の意思は、既《すで》に決まっている」

視線を鋭《するど》くしながら、続ける。

「奴《やつ》は天才だ。だが殺す。

奴は怪物《かいぶつ》だ。だが殺す。

奴は恐《おそ》らく人類の希望だ。だが──殺す」

言って、拳《こぶし》を堅《かた》く握《にぎ》る。

「そのための裏付けが欲しいだけだ。任務に背くつもりは、ない。それに、二人きりで出かけるとなればそれは最大の好機だ。場合によっては──次の日曜で決着をつける。逃走《とうそう》ルートの確保をよろしく頼むぞ」

すると、人形のように色を無くしていたほたるの表情が、見知ったものに戻《もど》った。

「ん……それならいいの。ごめんね、急に」

「……いや」

シノが答えると、ほたるは可愛《かわい》らしい仕草で微笑《ほほえ》んできた。

◇

「……ああああああああああああああああああああああああ」

神奈川《かながわ》学園生徒会室には今、悲鳴ともうめきともとれない不気味な声が充満《じゅうまん》していた。

四天王・音無柘榴《おとなしざくろ》が、目つきの悪いパンダのぬいぐるみを、まるで雑巾《ぞうきん》のように絞《しぼ》り上げながら奇声《きせい》を発していたのである。

「だ、大丈夫《だいじょうぶ》ですか、音無さん……」

「もう、ザクちゃんたら、もうちょっと静かにしてってってばぁ」

テーブルに着き、アフタヌーンティーを嗜《たしな》んでいた青生《あおい》と來栖《くりす》が、そんな様子を見ながらはあとため息を吐《つ》く。

「ほら、銀《ぎん》ちゃんも何か言ってあげてよぉ」

言いながら、來栖が部屋の隅《すみ》にいる銀呼《ぎんこ》に視線を送る。

だがそこにいたのは、皆《みな》の知る佐治原《さじはら》銀呼ではなく、佐治原銀呼を三ヶ月間ほどドライエイジングさせたらこんな風になるのではないかと思えるようなミイラ寸前人間だった。

やせ細った頬にはハリがなく、唇《くちびる》はひび割れている。なんかもう全体的にカッサカサのパッサパサだった。人間か枯《か》れ木《き》かで言えば、僅差《きんさ》で枯れ木に近いような気がした。

くたびれきったその様を見て、青生と來栖が再びため息を吐く。

「……お二人とも、ランク戦で負けてショックなのはわかりますけど、私たちの使命は生徒同士の模擬《もぎ》戦に勝つことではなく、〈アンノウン〉から国土を守ることで……」

青生が言うと、柘榴が絞《し》め上げていたぬいぐるみを壁《かべ》に押しつけながら、ようやく意味のある声を上げてきた。

「……だってデートですよデート我らが女神《めがみ》あの姫《ひめ》さんがどこの馬の骨ともわからない生徒とデェェエエエエエトですよ」

「ああ……そうでしたね」

「しかもあのあと姫さんお部屋にこもってしまって二五時間五九分五二秒そのお姿を見られてないんですよおおおおおおああああこうしている間にも時間が過ぎてうわああああああ二六時間を過ぎてしまいましたごぇっほげぇっほゲッホ」

柘榴が苦しげに咳《せ》き込む。するとそれに合わせるように、小洒落《こじゃれ》たアクアリウムの流木のようになっていた銀呼が、コヒュー、コヒュー、と掠《かす》れた息を漏《も》らしてきた。

「……僕……も……昨日から……ヒメニウムを摂取《せっしゅ》……できて……いなくて……」

「ひ、ヒメニウムって何ですか？」

青生が頬に汗を垂らしながら問う。しかし柘榴や銀呼に答えるような余裕《よゆう》はなさそうだった。代わりに來栖が、指を一本立てて答える。

「知らないの？　姫ちゃんを見たり、触《ふ》れ合ったりすることによって摂取できる成分よ。摂取することによって多幸感を覚える代わりに、非常に強い習慣性を持つわ」

「完全に麻薬《まやく》じゃないですかそれ……って、佐治原さんは天河さんの靴下《くつした》とか持ってるんじゃありませんでしたっけ。それなら――」

「……いや、靴下は消耗品《しょうもうひん》だから……何回も嗅《か》いでるとなくなっちゃうだろう……？」

「…………」

たどたどしい銀呼の言葉に、青生が押し黙《だま》る。その表情は明らかに「どんな嗅ぎ方すればそうなるんですか……」と言っていたが、それを口に出さないだけの優《やさ》しさと奥ゆかしさと自己防衛本能が彼女にはあったらしかった。

――と。四人がそんな会話を繰《く》り広げていると、不意に廊下《ろうか》の方からパタパタという足音が聞こえ、ちょうど話題に上っていた都市首席・天河舞姫が現れた。

「み、みんな！」

『…………！』

瞬間《しゅんかん》、禁断症状《しょうじょう》に震えていた柘榴と、カッサカサに乾《かわ》いていた銀呼がピクッと肩《かた》を揺《ゆ》らし、舞姫のもとに殺到《さっとう》した。

「姫さん姫さん目線お願いします」

「――すーんすんすん！　すーんすんすん！」

そして、柘榴がカメラを取り出して様々な角度からシャッターを切り、銀呼が姫の肩口と脇《わき》と足に順に顔を埋《うず》めていった。ちなみに、銀呼は柘榴のカメラを塞《ふさ》がぬよう、柘榴がアングルを変えるタイミングを見計らって舞姫の匂《にお》いを嗅いでいた。助け合いの精神。美しき共生関係である。

「わっ、何、どうしたの二人とも……!?」

舞姫が驚《おどろ》いた様子で声を裏返らせる。しかし、それに反して二人は段々と落ち着いていった。げに恐ろしきはヒメニウム。柘榴の身体《からだ》の震《ふる》えが止まり、銀呼の肌《はだ》が一瞬にしてつやっつやになっていく。

「ありがとうございます助かりました」

「うん。危ないところだった」

「そ、そう……」

舞姫が困惑《こんわく》したように首を捻《ひね》る。だが、すぐに何かを思い出したように「あっ」と声を漏らした。

「そうだ、それより、みんなに聞きたいことがあるんだけど……」

「はい、何ですか？」

青生が言うと、舞姫は一瞬逡巡《しゅんじゅん》のようなものを見せてから、意を決したようにこくんとうなずき、顔を赤くしながら続けてきた。

「で……、デートって、何すればいいの？」

『…………っ』

舞姫の言葉に、四天王は一斉《いっせい》に息を詰《つ》まらせた。

「私、そういうの初めてで……本とかで調べてみたんだけど、よくわからなくて……」

舞姫が気まずそうに視線を逸《そ》らす。四天王たちはその可愛らしい様子に一瞬意識を奪《うば》われそうになりながらも、気を取り直すように頰《ほお》を張った。

「まままさか本当に行くつもりなのですか姫さん」

「え……？　う、うん。そうだけど……」

「そんな！　あんなのはシノが勝手に言っていただけじゃあないか！　しかも、『ご褒美《ほうび》』の内容を後出しだなんてフェアじゃない！　嫌《いや》なら断っていいんだよ、姫殿《どの》！」

「でも、約束は約束だし。それに……」

舞姫は、恥《は》ずかしそうに肩をすぼめた。

「別に……嫌ってわけでも……ないし」

『はうあ！』

その破壊《はかい》力抜群《ばつぐん》の一言に、銀呼と柘榴は同時に身を仰《の》け反らせた。

あまりに可愛らしい乙女《おとめ》の顔。しかしそれを向けられる相手が自分ではない。興奮と喪《そう》失感《しっかん》がない交ぜになり、二人の心の中を暴れ回る。

「で、どうすればいいかな……？」

改めて舞姫が問うと、青生が優《やさ》しく微笑んだ。

「あはは……大丈夫ですよ、そんなに構えなくても。きっと向こうがリードして――」

が、青生が言いかけたところで、その口を銀呼が塞いだ。

「む、むーっ⁉」

來栖がハンドサインをしながら「タイム」と言い、生徒会室の奥の方へと歩いていく。

それを追うように柘榴と、青生を取り押さえた銀呼もそちらに向かっていった。青生が
「むー！　むー！」とくぐもった叫《さけ》びを上げながら、ざりざりと引っ張られていく。

「……どう思う、みんな」

声をひそめるようにして、來栖が問う。

「いやどうもこうもありませんそんなの認められるはずないじゃないですか」

「そうだよ。論外だ。シノめ、姫殿に気があるとは思っていたけど、まさかこんなにも早く仕掛《しか》けてくるだなんて」

「……ぷはっ……え、ええと、何か問題あるんですか？」

ようやく銀呼に解放された青生が言うと、來栖と銀呼と柘榴（のパンダ）の鋭い視線が一斉に青生に注がれた。その圧倒的《あっとうてき》なプレッシャーに、青生がヒッと息を漏らす。

「とにかく、これは由々《ゆゆ》しき事態だ。何としてでも止める。いいね？」

銀呼が真剣《しんけん》な眼差《まなざ》しで言う。それに同調するように、柘榴がパンダの首を前に倒《たお》した。

「異存ありません姫さんにはどうにかして諦《あきら》めていただきましょう」

しかしそれに、來栖が難しげな顔を作る。

「……あの姫ちゃんに、そんなこと言える？」

『う……ッ』

三人が、油の差されていない機械のような動きでギギギ……と舞姫の方を向く。するとそれに気づいた舞姫が、パァッと表情を明るくして手を振《ふ》った。

『……ッ！』

三人が、今度はバネ仕掛けの人形のように同時に顔の位置を戻す。

「む、無理だ……姫殿にそんなことを言うだなんて……！」

「……はい無理です不可能ですもしそれで姫さんが悲しそうな顔でもされようものなら私はもう首を括《くく》るか身を投げるかを選ぶしかありません」

「でしょう……？」

「ええと……」

青生が何かを言いたそうに頬をかいたが、余計なことを言うとまた睨《にら》まれると思ったのか、途中《とちゆう》で押し黙った。

「だが、だからといってこのまま何の方策もなく姫殿を送り出すなんてできるはずがない。姫殿は神奈川の至宝、天より舞《ま》い降りた人類の奇跡《きせき》だ。どこの馬の骨とも知れない奴《やつ》に傷物にされてたまるものか」

「そうねぇ。でも、そういうのもちょっと興奮しない……？」

來栖が頬を赤らめながらハァハァと息を荒《あら》くすると、銀呼と柘榴が「うわぁ……」という表情を作った。

「さすがの僕でもそれは引くわ……」

「……寝取《ねと》られ好きとはとんでもない性癖《せいへき》ですね寄らないでください変態が伝染《うつ》ります」

「あなたたちだけには絶対に言われたくないんだけどぉ？」

來栖がぷくー、と頬を膨《ふく》らす。

「でも、よく考えてみてよ。確かにシノに一日姫ちゃんを独占《どくせん》されるのは気に入らないけど、『デートをしてる姫ちゃん』なんて超絶《ちょうぜつ》レアな光景、見られる機会はそうそうないと思わない……？」

『は……ッ』

來栖の言葉に、銀呼と柘榴がくわっと目を見開いた。

「た、確かに……」

「……それは是非《ぜひ》見たいです」

「でしょう？　もとより、姫ちゃんを止めることはできない。なら、私たちのすべきことは、この状況《じょうきょう》を最大限活《い》かすことじゃないかしら」

『…………』

三人は数秒の間視線を交じらせ合うと、誰《だれ》からともなくこくりとうなずいた。そんな様子に、青生がたらりと頬に汗《あせ》を垂らす。

しかしそんなもの気にも留めず、銀呼、來栖、柘榴は同時に舞姫の方に向き直り、ニコニコと笑《え》みを浮《う》かべながらそちらに歩いていった。

「いやあ、姫殿。それは本当に楽しそうだね」

「でも、確かに姫ちゃんの不安ももっともだわ」

「ですがご安心ください私たちが完璧《かんぺき》なデートプランを立ててあげますからね」

「えっ、本当⁉」

三人の言葉に、舞姫がパアッと顔を明るくした。

◇

日曜日。シノは神奈川都市内にある広場に一人立ちながら、辺りの様子を窺《うかが》っていた。

商店街の中心辺りに位置する、住民たちの憩《いこ》いの場である。中央に噴水《ふんすい》があり、重力に逆らって噴《ふ》き出した水が、陽光を受けてキラキラと輝《かがや》いていた。

都市内でもポピュラーな待ち合わせの場所らしく、今日は休日ということもあってか行き交《か》う人々の合間にちらほらと学生カップルの姿も見受けられる。

そして、そんな道行く生徒たちが、先ほどからちらちらとシノの方を見てきていた。

「………………」

まあ、それは仕方あるまい。何しろシノは先日、何人もの生徒が集まる訓練場で、都市首席をお出かけに誘《さそ》ったのである。注目もされようというものだった。

小さく息を吐《は》きながら、広場の端《はし》に立っていた時計に目をやる。一〇時五五分。そろそろ、待ち合わせの時間だった。

するとそこで、道の向こうから一人の生徒が歩いてくる。

二つに括った髪《かみ》に、小柄《こがら》な体軀《たいく》。間違《まちが》いない。神奈川第一位の生徒であり——今日のシノの待ち合わせ相手・舞姫だ。なぜかその手に大きな鞄《かばん》を持ちながら、どこか緊張《きんちょう》した面持《おもも》ちで歩みを進めてくる。

広場に入ったところでシノに気づいたのだろう。ぎこちない調子でこちらにやってきた。

そして、シノの目前まで至ると同時、からくり人形のような挙動で頭を下げる。

「き、今日はお誘いいただき、ま、誠《まこと》にどうも……フツカ者ではありますが、どうぞよろしくお願いしますです……」

「……何の真似《まね》だ？」

シノが困惑に眉根《まゆね》を寄せて言うと、舞姫は姿勢を元に戻《もど》し、気まずそうに苦笑《くしよう》した。

「や……あの、私、こういうの全然経験なくて、一応いろいろアドバイスはもらったんだけど、やっぱりちょっと緊張しちゃって……」

「別に、街くらいいつでも歩いているだろう」

「え？　うん、それはそうだけど……やっぱほら、デートって……普通《ふつう》のお出かけと違うって噂《うわさ》だし……」

言って、舞姫はもじもじと恥ずかしそうに身を捩《よじ》った。

「…………」

どうやら『デート』という単語に随分《ずいぶん》構えてしまっているらしい。似たような意味だろうと思い答えただけだったのだが……失敗だっただろうか。

とはいえ、舞姫が素直《すなお》に来てくれただけでも僥倖《ぎょうこう》といえば僥倖だった。一応大衆の前で約束をさせたものの、件《くだん》の四天王にそのかされて反故《ほご》にされるくらいは覚悟《かくご》していたのである。

とにかく、せっかく得た好機だ。情報を集められるだけ集め、可能ならば——今日、任務を終わらせる。シノは改めて決意を反芻《はんすう》し、唇《くちびる》を動かした。

「天河、とりあえず、少し落ち着いて話ができるところに——」

が、シノが言いかけたところで、舞姫はポケットから小さなメモ帳のようなものを取り出すと、熱心にそれに目を通し、バッと顔を上げた。

「シノ！　私行きたいところがあるの！　いい⁉」

そして、決意に満ちた眼差しと熱っぽい調子でそう言ってくる。

「？　ああ、構わんが……」

シノはその気迫《きはく》に気圧《けお》されるようにうなずいた。

「ほら、こっちこっち！」

すると舞姫は表情を明るくし、嬉しそうにうなずいてから道を歩き出す。

その無邪気《むじゃき》な様子に、シノは少し拍子抜《ひょうしぬ》けしてしまった。――やはりシノの観察眼を以《もっ》てしても、暗殺指令が下るような人間には見えない。

「………」

シノは小さくかぶりを振った。見た目や言動に騙《だま》されてはいけない。シノですらそう判断してしまうことこそが、この少女の恐《おそ》ろしいところなのかもしれなかった。

シノは緊張感《きんちょうかん》を保ちながら、舞姫に並んで歩き出した。

「……？」

と、様々な店が建ち並ぶ大通りを少し歩いた辺りで、シノは違和感《いわかん》を覚えた。

何やら舞姫が落ち着かない様子でキョロキョロし、シノに向かってそろそろと手を伸《の》ばしてきたのである。

しかも、シノがそれに感づいて視線を送ると、途端《とたん》ビクッと肩《かた》を震《ふる》わせて手を引っ込め、わざとらしく口笛まで吹くという有様だ。ついでに少し時間が経《た》つと、また同じように手を伸ばしてくる。あまりにも怪《あや》しすぎた。

「何をやっている？」

「……っ！」

幾度目《いくど》かの舞姫チャレンジ失敗の際、シノは不審《ふしん》そうに半眼を作りながら尋《たず》ねた。すると舞姫は今までよりも派手に身体《からだ》をビクッと震わせ、ぎこちない表情を浮かべてきた。

「や、あの……デートってほら、手を繋《つな》ぐものだって本に書いてあったから、やってみようと思ったんだけど……なんかいざやるとなるとちょっと恥《は》ずかしくて」

「……別に、そういう決まりがあるわけでもないだろう。無理に繋ぐ必要はない」

「あ、そ、そうだよね。あはは……」

シノが言うと、舞姫は頬《ほお》をかきながら苦笑した。

そしてどこかしゅんとした様子で、再度道を歩き始める。

「…………」

「…………」

「…………」

「…………ち」

シノは焦《じ》れたように息を吐《つ》くと、とぼとぼと歩く舞姫の手を取った。

「えっ？」

「行くぞ、どこだ?」

「あ——う、うん！　こっち！」

舞姫は、先ほどの様子が嘘《うそ》のように声を弾《はず》ませると、足取り軽く道を歩いていった。

ほどなくして、通りに面した店に辿《たど》り着く。店頭にはハンガーにかけられた服が並び、ショーウインドウに着飾《きかざ》ったマネキンが数体立っている。どうやら、衣服を扱《あつか》う店らしい。

基本的に制服を着ていれば事足りる都市内の生活ではあるけれど、そこはやはり皆《みな》学生である。休日くらいは好きな服を着て過ごしたいと思う者も少なくなかった。

加え、この手の服屋は経営したがる学生が多く、店舗《てんぽ》の申請《しんせい》も他《ほか》の業種に比べて多いらしい。それだけに競争が激しく、人気のない店はすぐに淘汰《とうた》されてしまうようだったが。

「服屋、か」

「うん。実は私、あんまりお出かけ用の私服とか持ってなくてさ。今日に合わせて新しく買おうと思ったんだけど、せっかくならシノに選んでもらおうかと思って」

「なぜ私が」

シノは眉根を寄せながらそう言ったが、舞姫は聞かず、シノの手を引くようにして店の中に入っていってしまった。

「いらっしゃいませー……って、あ！　姫様《ひめさま》！」

店員がにこやかに挨拶《あいさつ》をしたかと思うと、すぐにハッと目を見開く。そして舞姫と手を繋いだシノを見て、何かを察したように「おおー……」と声を発してきた。

「………」

そのリアクションが気にならないかといえば嘘にはなったが、反応したからといってどうなるわけでもない。シノは店員のプロ意識の低さに心中で毒づきながら目を逸《そ》らした。

と、舞姫が、一人の店員の前まで歩いていき、なぜか少し格好つけた様子でピッとカードを取り出してみせる。都市内での円滑《えんかつ》な買い物を補助するため、数年前から導入されたものである。ちなみに色はブラックだった。

「――これで、デート服をいくつか見繕《みつくろ》ってちょうだい」

「！　は、はいっ！　かしこまりましたっ！」

店員が大仰《おおぎょう》に礼をして、店の奥に走っていく。そしてそこに集まっていた店員たちと何やらキャーキャー騒《さわ》いだのち、数名で店中に散らばっていく。

「どう、シノ。間違ってなかったかな、今ので」

「そもそも何を正解としているのかわからん」

と、シノが無表情でそう言ったところに、様々な服を手にした店員たちが集まってきた。

「姫様！」

「こんなところでどうでしょう！」

言って、色とりどりの服を一斉《いっせい》に差し出してくる。舞姫がわあっと目を丸くした。

「ほえー……いろいろあるんだね。ねえシノ、どれがいいと思う？」

「別に、どれでも構わん。好きにしろ」

「ええー……」

舞姫は寂《さび》しそうに唇を尖《とが》らせると、ため息を吐《つ》いてから店員の方に向いた。

「一番のおすすめってどれかな？」

「うーん、そうですねえ、デートっていうなら……やっぱりこれかと」

「ふうん……そっか。じゃあそれ、試着してみるね」

舞姫が店員に言われるままに服を手に取り、試着室に歩いていこうとする。

が——それを見て、シノは舞姫の肩をガッと押さえつけた。

「……待て。それを着るつもりか」

言いながら、舞姫が手にした服を指さす。——大胆《だいたん》に肩回りと背、ついでにお腹《なか》が露出《ろしゅつ》する、まるで下着のような布面積の衣服を。

「え？　うん、これがおすすめっていうから……」

「ええ、こちらデートには最適ですよ！」

「奥手な相手もイチコロですよ！」

「そのまま一気に寝技《ねわざ》まで！」

店員たちが熱っぽく拳《こぶし》を握《にぎ》ってくる。シノは頬をぴくつかせて舞姫の手から服をひったくると、店内から適当な服を見繕って舞姫に押しつけた。

「……年頃《としごろ》の女子がみだりに肌《はだ》を出すな。こちらにしておけ」

店員を牽制《けんせい》するようにキッと視線を鋭《するど》くしながら言う。

すると舞姫は、一瞬《いっしゅん》ぽかんとしたのち、大層嬉《うれ》しそうに表情を明るくした。

「うん！」

それを受け取り、舞姫が試着室に入っていく。

そして数分後。試着室のカーテンが開き、着替《きが》えを済ませた舞姫が姿を現した。

「ど、どうかな……？　似合う？」

言って、舞姫が頬を染めながらはにかむ。

そんな舞姫を見て、シノは困惑《こんわく》した。

最近の流行や舞姫の趣味《しゅみ》などはわからないが、白を基調としたその装《よそお》いは、シノが適当に選んだだけとは思えないくらい舞姫によく似合っていると思われた。色素の薄《うす》い髪や肌と相まって、まるで本物のお姫様のようである。

だが、シノはそれにどう反応したらよいかわからず、一瞬言葉に窮《きゅう》してしまった。

感想を言うのは容易《たやす》い。しかし——本当に舞姫はそんなことを問うているのだろうか。

そんな疑問が生じたとき、シノの脳裏《のうり》に、ある一つの可能性が浮《う》かんだ。

「は……っ」

そもそもなぜ、舞姫はわざわざ服を買ってまで着替えをしたがったのか。

さらに言うならば、制服を脱《ぬ》いだのか。

神奈川は防衛都市であり、その制服はいわば戦闘装束《せんとうしょうぞく》である。生地《きじ》には特殊《とくしゅ》な防刃《ぼうじん》・防《ぼう》弾繊維《だんせんい》が用いられ、着用者の身を守るようにできている。

それを脱ぎ捨て、シノの選んだ柔《やわ》な服を着る意味。つまり舞姫は、シノに敵対する意思がないことをアピールしようとしている……？

「………」

否《いな》。シノは己《おのれ》の考えを否定した。確かにその可能性もゼロではない。だが、それならばもう一つ考えられることがあるのである。

そう。舞姫が、シノの目的を何となく察していて、探《さぐ》りを入れているという可能性だ。

つまり、無防備な姿を晒《さら》すことによって、シノのことを挑発《ちょうはつ》しているのである。

——私は今制服を脱ぎ、敵《おまえ》の選んだぺらぺらの服を身に纏《まと》っている。さあ……やれるものならやってみろ。私を殺すならば今しかないぞ？

舞姫の恥ずかしそうなはにかみが、まるでそう言っているかのように見えた。

シノは舞姫に悟《さと》られぬよう、ごくりと息を呑《の》んだ。

とはいえ、動揺《どうよう》を悟られるわけにはいかない。もしも舞姫が探りを入れてきているのだとしたら、それは、シノを怪しんではいるものの、暗殺者であるという決定的な証拠《しょうこ》を摑《つか》んでいないということの裏返しだ。シノは瞬時に考えを纏め、言葉を発した。

「――ああ、よくお似合いだ」

シノはフンと鼻を鳴らしながらそう言った。

意味深なアクセント。――今度はおまえが悩《なや》む番だ。

「……！」

しかしシノの意図に反して、舞姫はほんのり色づいていた頰をさらに赤くした。

「そ、そうかな……」

そして照れくさそうに後頭部をかくと、側《そば》に控《ひか》えていた店員の方に顔を向けた。

「じゃあ、これ、お願い。着ていってもいいかな？　あ、あとこれに合う靴《くつ》もある？」

「……！　は、はい！　もちろんです！」

舞姫の姿にうっとりしていた様子の店員が、ハッと肩を揺《ゆ》らして声に応ずる。

そして、会計を済ませ、服に付いていた値札を外してもらった舞姫は、先ほどまで着ていた制服と外套《がいとう》を、持参していた大きな鞄《かばん》に詰《つ》めると、シノのもとへ戻《もど》ってきた。

「お待たせ。——じゃあ、次いこっか、シノ」

「…………」

——どういうことだ？　シノは眉根《まゆね》を寄せた。平静を装っているにしては、あまりに違和感がなさ過ぎる。まさか、本当に何も考えず制服を脱いだというのか？　いや、その思考は危険だ。今シノは餌《えさ》を垂らされている可能性がある。安易に食いつくのは——

「シノ？」

「……、ああ、いや——そうだな」

シノはうなずくと、舞姫と一緒《いっしょ》に歩き始めた。

——今度は、舞姫から手を握られて。

ちなみに手を握られた際、過剰《かじょう》反応で後方に飛び退《の》き刀に手をかけてしまった。

舞姫は意外そうな顔を作ってそれを見てきたが、シノにはその表情が、「おやおや、これくらいで怖《こわ》がっちゃって」と言っているように見えた。気がした。

「う……ッ、うぐぅぅぅぅぅぅぅ」

「うおあああああああああああああ」

「二人とも、もうちょっと静かにしてくれなぁい？」

凄《すさ》まじい形相の銀呼と柘榴に、來栖はため息を吐きながら視線を向けた。

「そんなこと言ったって仕方ないじゃないか！　姫殿《どの》が誰《だれ》かとデートするところを見せつけられるだなんて、こんな残酷《ざんこく》な拷問《ごうもん》があっていいのかい……!?」

「……そうですよでも何が困るってシノさんへの憎《にく》しみは募《つの》るのですが姫さんが可愛すぎてどんなリアクション取ったらいいのかわかんないところですよ」

言いながら、銀呼がハンカチで涙《なみだ》と鼻血を拭《ぬぐ》い、柘榴がカシャカシャカシャカシャ……とカメラで連写を続けていた。

銀呼、柘榴、そして來栖の三人は、当然のごとくこっそりと舞姫とシノのデートを覗《のぞ》いていたのである。

「まったく、そんなになるなら待ってればよかったのに。特にザクちゃん。あなたシノに負けて姫ちゃんの尾行《びこう》権取られちゃったんじゃなかったっけ」

來栖が言うと、柘榴は眉《まゆ》を揺らしたのち、パンダに向かってつらつらと言葉を発した。

「……ええまこと不本意ですが姫さんの前で交《か》わした約束は違《たが》えられませんでも今のこれ

は偶然《ぐうぜん》私の行く先カメラを向ける先に姫さんがいるだけなのですよってセーフ」

「お手本みたいな詭弁《きべん》ねぇ」

来栖は呆《あき》れたように肩《かた》をすくめた。が、銀呼が擁護《ようご》するように口を開く。

「いや、今日ばかりは仕方ないだろう。何しろ、姫《ひめ》殿がデ、デートだよ？　姫殿に限ってそんなことはないと思うが、もし間違いがあったら大変だ。それに――」

銀呼はそこで顔を上げ、道を歩く舞姫を見やった。

シノと手を繋《つな》ぐ舞姫の姿は、四天王たちの心に深い深い悲しみと絶望と恩讐《おんしゅう》と妬《ねた》みと嫉《そね》みと恨《うら》みと辛《つら》みとあとなんか思いつく限りの負の感情を覚えさせたが、そんなドロドロした汚泥《おでい》のようなものを全《すべ》て吹《ふ》き飛ばすくらいに、今の舞姫の装いは可憐《かれん》だったのである。

「確か、服を新調させようっていうのは柘榴のアイディアだったよね。――ナイスだ。グッドだ。エクセレントだ。おかげでさっきから涙と鼻血と変な汁《しる》が止まらない」

そう。三人は舞姫にデートの相談をされた際、どうせ止められないならと、開き直って理想のシチュエーション――要は『わたしのかんがえたさいこうのまいひめ』を観察すべく、デートプランを伝授していたのである。

「ああ、確かにそれはいい仕事だったわ。やっぱい姫ちゃん超《ちょう》可愛い。ザクちゃん、あとで何枚か焼き増ししといてくれない？」

「……まあいいでしょうそれよりほら次は姫さんが喫茶店《きっさてん》に行きますよ確か銀さんのリクエストじゃありませんでしたっけ」

言いながら、柘榴がまたシャッターを切った。


「次はここ！」

「喫茶店……か」

シノは小さく呟《つぶや》き、目の前の建物を見た。木製の外壁《がいへき》が特徴《とくちょう》的な、趣《おもむき》のある喫茶店である。店先がオープンテラスになっており、今日のように天気のいい日にはうってつけの場所であった。

まあここならば、服屋よりも会話の機会が得やすいだろう。シノは舞姫とともにオープンテラスに腰掛《こしか》けると、小さく手を上げて店員を呼んだ。

「！　はい、いらっしゃいませ。ご注文はお決まりですか？」

店員は、舞姫を見て一瞬驚《おどろ》いたような顔をしながらも、すぐに店員の顔に戻って応対してきた。

先ほどの服屋の店員に見習わせたいプロ意識である。シノは心中でそんなことを思いながら、メニューを指さした。

「私はアイスティー。それと、クラブハウスサンドを」

そして飲み物と、軽食を注文する。時刻はそろそろ一二時になろうとしていた。ちょうどお腹《なか》が空いてきたのである。

だが。

「――！　だ、駄目《だめ》っ！」

シノの注文を聞いた瞬間、舞姫が突然《とつぜん》そんな声を上げた。

「？　クラブハウスサンドはやめた方がいいということか？」

「えっと、ううん、そうじゃなくて……ここの注文は任せてくれないかな？」

舞姫が歯切れ悪く言ってくる。シノは小さく首を捻《ひね》ったが、何かきっと考えがあるのだろうと判断してそれに従うことにした。

「悪いが、今のはキャンセルだ。注文は天河から聞いてくれ」

「あ、はい」

店員が、伝票とペンを持ちながら舞姫の方に視線をやる。

すると舞姫は、シノから見えないようにメニューを立てて、何やらひそひそと店員にオーダーを伝えた。

「……、……でお願い」

「！　なるほど。かしこまりました。少々お待ちください」

店員がぺこりとお辞儀《じぎ》をして去っていく。その背を見送ってから、シノは舞姫を見据《みす》えながら唇《くちびる》を動かした。

「天河」

「ん、なに？」

「せっかくの機会だから、いくつか聞きたいことが――」

と、シノが言いかけたところで、周囲からヒソヒソと小さな声が聞こえてきた。

「……ん？　あれって姫様？」

「あっ、ホントだ。って、向かいは？」

「あれだよあれ、例の転入生。模擬《もぎ》戦でデート申し込んだっていう」

「えっ、あれ本当だったの？」

「…………」

都市首席である舞姫と、先日四天王を二人打ち倒《たお》したシノという取り合わせは、否《いや》が応でも人目を引く。しかも、舞姫が珍《めずら》しくめかし込んでいるうえ、手を繋いでやってきたというのだ。道行く通行人や客たちが、ちらちらと二人の様子を窺《うかが》ってくるのも仕方ないといえば仕方ないことと言えた。

とはいえ、舞姫にとって注目されることは慣れたものであったようだし、シノもその点については覚悟《かくご》していた。成り行きとはいえこうなってしまった以上、視線を集めてしまうのは避《さ》けようがないだろう。

そして、もし今日事を成した場合、シノに犯人の疑いがかかるであろうこともまた――避けようがない。

だが、シノの覚悟には、それさえも織り込まれていた。というか、一種開き直りにさえ似たその自覚がなければ、このような行動は取れなかっただろう。

「………………」

シノは無言で、向かいに座る舞姫をちらと見やった。

人知を超《こ》えた力を振《ふ》るう、不世出の戦士。

そのあまりに小さな双肩《そうけん》に、防衛都市の運命を背負った少女。

任務に背《そむ》くつもりはない。だが、そんな彼女を殺すのが、名も知れぬどこかの誰かであることに、心のどこかで抵抗《ていこう》を感じているのかもしれなかった。

無論、暗殺者としては愚劣《ぐれつ》に極《きわ》まる雑念であることは自覚している。だが――

「……？　どうかしたの、シノ」

知らぬ間によほど難しげな顔をしてしまっていたのだろう。舞姫がシノの顔を見上げながら不思議そうに首を傾《かし》げてくる。

「──いや、あとにしよう」

シノが言うと、タイミングよく店員が注文の品をトレイに載《の》せてやってきた。

「お待たせしました」

言って、テーブルの上に大きなグラスを置く。中にはトロピカルな色のジュースが注がれ、グラスの縁《ふち》には鮮《あざ》やかな花の飾《かざ》りが施《ほどこ》されていた。そして極めつけに、ストローが二本刺《さ》さり、それぞれがシノと舞姫の方を向いていた。

所謂《いわゆる》、カップル仕様のジュースである。まさかこんなところでお目にかかれるとは思ってもみなかった。

「ごゆっくりどうぞ」

店員が完璧《かんぺき》な営業スマイルを浮《う》かべ、去っていく。

その場に残されたシノは、テーブルの上に置かれた巨大《きよだい》グラスと舞姫の顔を交互《こうご》に見ながら、困惑《こんわく》したような顔を作った。

「……これは」

「え、えっと……ほら、飲も？」

舞姫が照れ隠《かく》しのように笑いながらストローに口をつけ、ジュースを飲み始める。

「んん、美味《おい》し！」

そして、屈託《くったく》のない顔でそう言ってくる。その表情には、裏など見取れない。ただ単純に、このタイプのジュースを飲んでみたかっただけかもしれない。

「…………」

否《いな》。シノはその甘い考えを振り払《はら》った。

一つのグラスに入ったジュースを二人で飲む。それが意味するところは、恋人《こいびと》同士の甘ったるい戯《たわむ》れのみではない。

そう。同一の飲み物を飲むということは、それに毒物の混入が困難であることを示しているのだ。

確かに、ここは神奈川。そしてこの店も舞姫が選んだ。つまり、やろうと思えば舞姫は、いくらでもシノの飲み物に毒……もしくは自白剤《ざい》のようなものを盛ることが可能だったのである。

しかし、舞姫はあえて一つの飲み物を頼《たの》むことにより、それに薬の類《たぐい》が入っていないことを暗に証明してみせたのだ。

そんなことをする理由は一つ。——やはり、シノに敵対する意思がないことを示そうとしている。

つまり、油断を装《よそお》い、シノの行動を誘《さそ》っている。

――さあ、私は飲んでみせたぞ？　怖《こわ》がらなくても大丈夫《だいじょうぶ》だ。

まるで稚児《ちご》を扱《あつか》うかのような対応。シノは軽く奥歯を噛《か》みしめた。

舐《な》められるわけにはいかない。シノはストローに手をかけた。

が。そこで、シノの脳裏《のうり》に電流が走る。

「……………っ」

そうだ。確かにグラスは一つ。中に入っているものも同じ。だが、そのジュースを飲むためのストローは、二つ用意されていたのである。

シノを安心させるような言動で、逆にシノの対抗心《たいこうしん》を煽《あお》り、ストローの吸い口に塗《ぬ》った薬をシノに飲ませる。

あまりにも性悪《しょうわる》な手口。舞姫の無邪気《むじゃき》な笑《え》みが、狡猾《こうかつ》な殺人者のそれに見えた。

無論、確証があるわけではない。だが、可能性がある以上何も対処しないわけにはいかなかった。

「………」

シノは無言でグラスを持つと、向きを一八〇度回転させ、シノのストローを舞姫の方に、舞姫のストローをシノの方に向けた。

そしてそのまま、つい今し方舞姫が口をつけた——要は、一〇〇パーセント安全なストローでジュースを飲む。

「へっ⁉」

「——なるほど、これは美味《うま》いな。格別だ」

舞姫の目を見据え、落ち着き払った様子でそう言ってやる。

「えっ、あっ……えっ⁉　し、シノ、それって……」

すると舞姫は、顔を真っ赤に染めて、先ほどのシノのようにグラスとシノの顔を交互に見てきた。

「なんだ？　何か問題でもあるのか？」

「む、むうー……」

シノが不敵に言うと、舞姫が恥《は》ずかしそうに肩《かた》をすぼめた。

「ぐ、ぐがぁぁぁぁぁぁぁぁぁぁッ！」

四天王たちが遠巻きから舞姫とシノを監視《かんし》、もとい見守っていると、不意に銀呼が胸を押さえながら苦しみだした。

しかしそれも無理からぬことである。何しろ三人が見ている前で、シノが舞姫のストローをひったくり、間接キッスを決めてくれたというのだ。

「きききき気持ちはわかりますがおおおおおおおちついてくださいい銀呼さんこの距離《きょり》で叫《さけ》んだら姫《ひめ》さんにバレてしまいます」

「ん、やぁ……姫ちゃんが穢《けが》されていくぅ……なんでこんなに心がムズムズするのぉ……」

柘榴が目を泳がせながらあわあわと慌《あわ》てふためき、來栖がとろんとした眼差《まなざ》しで艶《つや》っぽい声を発する。

しかし、中でも銀呼の狼狽《ろうばい》っぷりは群を抜《ぬ》いていた。血の涙《なみだ》を流しながらギリギリと歯を噛みしめている。そのただならぬ様子に、段々と柘榴と來栖も冷静になってきた。

「……銀呼さん大丈夫ですかそりゃあショックなのはわかりますけど」

「そういえば、喫茶店《きっさてん》を指定したのって銀ちゃんだっけ。なんでここにしたの？」

「そんなの決まっているじゃないか！」

銀呼がビッ！　と舞姫の方を指した。

「普段《ふだん》生徒会室でお茶を飲む際は、姫殿《どの》は基本的に青生の淹《い》れた紅茶を飲む……！　でも今日みたいに暖かい日にオープンテラスでお茶をするとなれば、きっと冷たい飲み物を頼むと踏《ふ》んだのさ……！　そして冷たい飲み物といえばストロー！　ぷはぁと飲み終わって店をあとにする姫殿！　店員が片付けに来る前に僕がそれをゲット！　完璧！　パーフェクト！　だったはずなのにィィ！」

銀呼がのどを掻《か》き毟《むし》りながら声を裏返らせる。柘榴と來栖が「あー」と納得《なっとく》したようにうなずいた。

「なるほどどういう狙《ねら》いがあったのかと思いましたがそういう……」

「銀ちゃんはウォッチャーってよりコレクターだからねぇ。でもまさか姫ちゃんストローが上書きされるとは思わないわよねぇ」

と、そうこうしているうちに、顔を真っ赤にした舞姫が、自分の方に向いていた元シノのストローで、ジュースをずぞぞっと吸い尽《つ》くした。どうやら、よほどのどが渇《かわ》いてしまったらしい。

ちなみに舞姫が新しいストローを使った際、なぜかシノが戦慄《せんりつ》するように肩を揺《ゆ》らした。まるで、「く……ストローに毒は塗っていなかったか。しかし、あえて残ったストローを使ってみせるとは、見え透《す》いた挑発《ちょうはつ》を……」というような顔をしているように見えたが、まあ來栖たちの気のせいだろう。

ともあれ、それを見て、絶望に染まっていた銀呼の目に、希望の光が差す。

「……！　新たな姫殿ストローが⁉　神は僕を見捨てなかった……！」

「あ二人が会計済ませてどこかへ向かいますよ追わなくては」

「あら、ホントねぇ。ほら銀ちゃん、追いましょ」

「先に行っててくれ。僕はトレジャーを採取してプレジャーを得なければならないんだ」

言って、銀呼が懐《ふところ》からジッパー付きのビニール袋《ぶくろ》を取り出した。

◇

――潮風が頰《ほお》を撫《な》でる。

喫茶店をあとにしたのち、舞姫はシノを引っ張り回して商店街を歩いていたのだが、数時間後、最終的にやってきたのは、壁《かべ》に守られた都市内から出て少し歩いたところにある、海に臨《のぞ》む公園跡地《あとち》であった。

切り立った崖《がけ》の上に位置する、広い空間である。ところどころ剝《は》がれた舗装《ほそう》路に、歪《ゆが》んだ街灯。恐《おそ》らく戦争前は、さぞ多くの人で賑《にぎ》わう公園であったのだろう。そこかしこに、平和であった時代の残骸《ざんがい》が散らばっていた。

「………」

辺りの様子を見回し、シノは微《かす》かに目を細めた。

基本的に、防衛都市の生徒たちは必要がない限り都市外へ出ようとはしない。ゆえに、壁一つを隔《へだ》てただけで辺りからは嘘《うそ》のように喧噪《けんそう》が消えていた。遠くから響《ひび》く波の音と、カモメの鳴く声だけが、時折シノの鼓膜《こまく》を震《ふる》わせる。

先ほどまで注がれていた生徒たちからの好奇《こうき》の視線もなければ、会話を妨《さまた》げる余計な雑音もない。まこと理想的なロケーションではあった。——情報収集と、暗殺。シノの、二つの目的を達するための。

だがそれは同時に、舞姫にとってもそれが可能であることを示してもいた。なぜシノをこんなところに引っ張ってきたのか。舞姫は未《いま》だ、一切《いっさい》説明をしていなかったのである。

「シノ！」

と、シノがそんなことを考えていると、舞姫が声をかけてきた。

そちらを見やると、舞姫がいつの間にか地面にレジャーシートを敷《し》き、持参していた鞄《かばん》の中から、大きなバスケット型の弁当箱を取りだしていることがわかった。

「……何をしている？」

「うん、えっとね、お弁当……作ってきたの。お腹空《なか》かない？　あはは、あんまり美味《おい》しくないかもしれないけど」

そう言って、舞姫が膝《ひざ》の上で弁当箱を開く。中には海苔《のり》を巻いたおにぎりがぎっしりと詰《つ》め込まれていた。なるほど、喫茶店で軽食の注文を止めたのは、こういう意味もあったらしい。

舞姫が、はい、とそれを差し出してくる。シノはぴくりと眉《まゆ》を揺らしたのち、舞姫の隣《となり》に座り込み、手拭《てふ》きで手を拭《ぬぐ》ってから、不格好なおにぎりを一つ、手に取った。

「…………」

それをジッと見つめ、しばしの間逡巡《しゅんじゅん》する。

いや、別に口に運ぶのを躊躇《ためら》うくらい不味《まず》そうであるとか、耐《た》えがたい異臭《いしゅう》を放っているというわけではない。

ただ、敵の手製の弁当などを食べて本当に大丈夫なのだろうかという懸念《けねん》が、まったくないかと言えば嘘になった。

しかし、特にこれといった理由もなく食べるのを拒否《きょひ》するだなんて、それこそシノは自分にやましいことがあると言っているようなものである。これは単純に見えて、なかなかに効果的な駆《か》け引きであった。

食べれば毒。食べなければ敵と判断される。まるで中世の魔女《まじょ》裁判である。ソワソワした様子でシノを見守る舞姫の顔が、サディスティックな異端審問官《いたんしんもん》のそれに見え——

「……いや」

そこまで考えて、シノは息を吐《は》いた。

神奈川に来てから何日もかけて舞姫を観察し、実際に剣《けん》を交え、そして今日、二人きりで過ごしてみた結果、シノはある結論に達していたのである。

——そう。天河舞姫は、この少女は、シノを試《ため》そうだとか、まして殺そうだなんて、毛ほども考えていない。

幾度《いくど》となく舞姫の行動を深読みし、幾度となく独《ひと》り相撲《ずもう》を取らされ、ようやく気づいた。

「いただくぞ」

シノはそう言うと、ぱくりとおにぎりを齧《かじ》った。そのままもぐもぐと咀嚼《そしやく》して、こくんと嚥下《えんか》する。やはり、何の問題もない。ちなみに中身はおかかだった。

「ど、どうかな？　美味しい？」

「普通《ふつう》だ。いや、少し平均より下か」

問われたので、シノは正直に答えた。

「え、ええー……」

「米を炊《た》くときに水を、握《にぎ》るとき力を入れすぎている。ただでさえ柔《やわ》らかい米が癒着《ゆちやく》して、一部餅《もち》のようになってしまっているぞ。精進《しようじん》が必要だな」

「はーい……」

シノの言葉に、舞姫がしゅんとなりながらも、おにぎりを一口食べた。そして「……あ、ほんとだ」と苦笑《くしよう》する。

そんな様子を横目で見ながら、シノは続けた。

「だが」

「え？」

「嫌《きら》いではない」

シノはそう言うと、手にしていたおにぎりの残りを口に放《ほう》り込んだ。

なぜそんなことを口走ったのか、自分でもよくわからない。ただ、何となくそう思ってしまったのである。

「……！」

舞姫は頰を嬉《うれ》しそうに紅潮させると、弁当箱を再度シノに差し出してきた。シノは、ちらとそれを一瞥《いちべつ》すると、無言でおにぎりをもう一つ手に取り、大きな口を開けてかぶりついた。

これも、決して上等とは言えない。先ほどのそれと似たような出来である。同じ釜《かま》で炊き、同じ人間が握っているのだから当然だ。だが——不思議とシノはそれを嫌いになれなかった。

もしかしたら、舞姫がシノに疑念を抱《いだ》いていないことに確信が持てたため、ストレスが緩和《かんわ》してそう感じているのかもしれない。緊張《きんちょう》の糸を張り詰めながら食事を摂《と》っても、味などろくにわかるはずがない。

「………」

否《いな》──シノは小さく息を吐《は》いた。

きっとこれは、そんなややこしい理由からではない。もっと単純に……今日の『デート』を楽しいと感じてしまう自分がいたから、自分のために弁当を拵《こしら》えてくれた舞姫の気持ちを、嬉しく思う自分がいたからだろう。

暗殺者としては不適切極《きわ》まる、標的への感傷。それは十分わかっていたのだが……なぜだろうか、シノは舞姫に対し、なんとも形容しがたい奇妙《きみょう》な感覚を覚えてしまっていたのである。

「んー……」

と、シノが思案していると、舞姫が深呼吸をするように伸《の》びをした。

「変わらないなあ、ここは」

「ここに来たことがあるのか？」

「うん、昔ね。——ずっと昔。まだ、戦争が終わる前」

舞姫が、どこか遠い目をしながらゆっくりと辺りを見回す。

その横顔に、シノは目を細めた。舞姫の表情が、いつもの無邪気《むじゃき》で純粋《じゅんすい》なものとは少し違う——何か物思いに耽《ふけ》るような色を帯びていたのである。

「……？　なに？」

「いや」

シノの視線に気づいたらしい舞姫が、首を傾《かし》げてくる。シノは誤魔化《ごまか》すように視線を外した。

「しかし、変わらない、というのもおかしな話だな。手入れがされなくなって随分《ずいぶん》経《た》った様子だが」

「ううん。そうじゃなくて——」

舞姫はそう言いながら、視線を海に向けた。穏《おだ》やかに凪《な》いだ水面《みなも》がキラキラと陽光を反射し、なんとも幻想《げんそう》的な光景を作り出している。

「ここからの景色は、あのときと何も変わらないんだ。実際にはもう、二〇年以上経ってるのに」

舞姫がその場から立ち上がり、ゆっくりとした歩調で歩き出す。そして抉《えぐ》り取られたような崖の縁《ふち》に立って、もう一度気持ちよさそうに伸びをした。

「………」

その隙《すき》だらけの背中を見ながら、シノはちらと刀の柄《つか》を一瞥した。

――今ならば、殺《と》れる。

シノの〈世界〉。その三の太刀《たち》であれば、舞姫が攻撃《こうげき》に気づこうが気づくまいが関係なく、舞姫の身体《からだ》は両断される。

とはいえその技《わざ》を打てるのは一度きりである。シノの身体はもとより、出力兵装が、シノの〈世界〉に耐えられないのだ。

だが、ここならば。

舞姫と二人しかいない空間。舞姫を殺したあと、誰《だれ》にも狙《ねら》われない場所ならば。

「………」

しかし、シノは刀の柄に手をかけることができなかった。

情に絆《ほだ》されたとか、好きになってしまったただなんて言うつもりはない。

ただ……そう。舞姫を殺す理由もわからないまま刀を振《ふ》るうのが、舞姫を知る前よりも少しだけ、嫌《いや》になったのだ。

シノは、小さく唇《くちびる》を開いた。

「――天河。聞きたいことがある」

「ん……なに？」

舞姫が振り返り、首を傾げてくる。シノは、海の照り返しを背にしたその顔を見つめながら問いを発した。

「おまえは、一〇年も前からこの神奈川の都市首席として戦っていると聞いた」

「あー……うん、もうそんなになっちゃうかあ」

ぽりぽりと頰《ほお》をかきながら、舞姫が苦笑する。

「都市首席を務めた生徒は、最恵待遇《さいけいたいぐう》での内地入りが確約される。だから通常は、任期を終えれば早期卒業を決める者がほとんどだ。――なのになぜ、おまえはここにいる。なぜ一〇年もの間、戦い続けている」

シノは静かに問うた。

天河舞姫についての情報を集めた際に、まず目についたのはそれである。

まさか管理局も、その程度の理由で暗殺指令など出すまいが、もし舞姫に何かがあるとしたなら、その異常な任期に関《かか》わりがあるのではないかと思ったのだ。

「うーん……」

舞姫は、困ったように苦笑した。

そして、数秒の間考え込むようにしてから、言葉を返してくる。

「人類のために戦いたいってのは嘘《うそ》じゃないよ。そりゃあ内地に行きたくないってわけじゃないけど、少なくともここで、私より強い人間なんて見たことないし」

別に自慢《じまん》をする様子もなく、そう言う。

実際、舞姫に己《おのれ》の力を誇《ほこ》るつもりなどはないのだろう。だが、その言葉は、純然たる事実であった。彼女が内地に行ってしまえば、南関東防衛ラインは大きな戦力低下をすることになるだろう。

でも、と舞姫が続ける。

「一番の理由は……別かな」

「一番の理由？」

「うん。──友だちとの、約束のため」

そう言って、舞姫は先ほどのような遠い目をした。

シノは、微《かす》かな緊張にこくんと息を呑《の》んでから、続けた。

「……約束、とは？」

「──ふふ、それは秘密」

舞姫がいたずらっぽく笑い、指を一本立てて見せる。シノは「ぐ……」と眉根《まゆね》を寄せた。

「教えてあげたいけど、それは駄目《だめ》。ごめんね。なんだか、口に出すと、それが果たせないような気がしちゃうんだ。だから——それは、私と、ほたるちゃんだけの秘密」

「……なに？」

瞬間《しゅんかん》、シノは、ぴくりと眉《まゆ》を揺《ゆ》らした。

舞姫が発した名前が、シノの知り合いと同じものだったのである。

「ほたる……？」

「うん。可愛い名前でしょ。凛堂《りんどう》ほたるちゃん。私の——親友だよ」

「………ッ、それは——」

シノは息を詰《つ》まらせた。

最初は偶然《ぐうぜん》かと思ったが、間違《まちが》いない。その名は——

「……！」

だが、シノが次の言葉を発そうとした瞬間。

水平線の向こうが微かに震《ふる》えたかと思うと、背後の都市から、〈アンノウン〉の発生を告げるけたたましい警報が鳴り響《ひび》いてきた。

第五章　海を這《は》う絶望

水平線の向こうに見える景色が、歪《ゆが》む。

まるで水面に石を投げ入れるかのように、虚空《こくう》に波紋《はもん》が広がっていく。

しかしそこからいずるのは、波紋の中心から弾《はじ》き出された玉のような水滴《すいてき》ではなく、陽炎《かげろう》のように揺らめく、巨大《きょだい》に過ぎる影《かげ》だった。

空気を揺らす波紋が収まっていくに従い、その影もまた、ゆっくりと実像を結んでいく。

――嗚呼《ああ》、それは、異形《いぎょう》としか言いようのないものだった。

波を割《さ》き、海を這うようにして進む巨体。それは生物のようであり、機械のようでもあった。身体に沿うように生えた幾本《いくほん》もの脚《あし》。頭部に当たると思《おぼ》しき器官に備えられた、行く手にあるもの全《すべ》てを砕《くだ》き磨《す》り潰《つぶ》すかのような乱杭歯《らんぐいば》。体表は無機的な色を帯び、まるで虫の甲殻《こうかく》か、或《ある》いは騎士《きし》の甲冑《かっちゅう》のような鈍《にぶ》い輝《かがや》きを発している。

しかも、それだけではない。その異様な影を中心に、もっと小型の異形が、幾つも海の上にあったのである。そしてそれらの上に、日頃《ひごろ》防衛都市の生徒たちがよく目にする、歪《いびつ》な人型をしたものたちが、ずらりと勢揃《せいぞろ》いしていた。

地球の生態系にはない形を持った、怪物《かいぶつ》の軍勢。

目的はおろか名すら知れぬ、謎《なぞ》の侵蝕《しんしょく》者たち。

だが――この世界は、この国は、ここに住む者たちは、既《すで》に彼《か》のものたちを識《し》っていた。

二〇と九年の昔から、痛いほどにその存在を刻み込んでいた。

第一種災害指定異来生物。

或いは――〈アンノウン〉。

かつてこの地に現れ、思うさま破壊《はかい》を撒《ま》いた『敵』の残党である。

【――――――――――――――――!!】

群れの中心に位置する巨大な〈アンノウン〉が轟音《ごうおん》を発し、辺りの空気を震わせる。

それは、ヒトで言うところの『声』にあたるものなのだろう。それに応《こた》えるように、周りの〈アンノウン〉たちも身体のどの器官からか音を発した。

――まるで、鬨《とき》の声を上げるかのように。

◇

けたたましいサイレンが鳴り響く中、青生《あおい》は中央司令室に入るなり、声を張り上げた。

「――敵の数は!?」

ちょうど都市の中央――学舎の地下に位置する施設《しせつ》である。壁面《へきめん》には巨大なモニタが幾つも並び、海岸沿いに建てられた監視塔《かんしとう》からの映像を、様々な角度から映し出していた。

海の彼方《かなた》より来たる、形を持った絶望。

かつてこの地を滅《ほろ》ぼしかけた怪物――〈アンノウン〉。

「げ、現在確認《かくにん》されているのは、トリトン級一、クラーケン級二〇、オーガ級……およそ二〇〇です！」

司令室に常駐《じょうちゅう》している管制官の一人が、監視塔からの報告を聞き漏《も》らさぬようにインカムを押さえながら声を上げてくる。

予想以上の規模である。青生は思わず顔をしかめた。

「く……二個大隊クラスですか。しかも大型種のトリトン級まで……!? なんでこんなにもいきなり――」

忌々《いまいま》しげに言いかけ、青生は言葉を止めた。先方は異形の敵。思想理念価値観を語る以前の存在。もとよりこちらの意をくんで出現してくれることなど有り得なかったのである。

「とにかく、落ち着いて行動してください。都市内に通達。第一種戦闘《せんとう》配備。生徒たちは各部隊ごとに分かれ、持ち場についてください」

「はっ！」

「第二小隊と第三小隊――佐治原《さじはら》さんと音無《おとなし》さんの部隊を先行させます。隠谷《なばりや》さんの第四小隊は各部隊の援護《えんご》を。ただし、大型種を相手取るのは非常に危険です。無理にトリトン級を狙《ねら》わず、敵の数を削《そ》ぐようお願いします。道さえ開ければ――」

青生は、モニタを占有《せんゆう》する巨大な〈アンノウン〉を睨《にら》み付けながら、言葉を続けた。

「――我らが姫《ひめ》が、彼の異形を両断してくれます」

『…………！　はッ！』

青生の言葉に、管制官たちが力強く首肯《しゅこう》した。

司令室内に滲《にじ》んでいた焦燥感《しょうそうかん》が霧散《むさん》し、代わりに、充実《じゅうじつ》した高揚感《こうようかん》が伝わってくる。

「…………」

そんな彼らの背を見ながら、青生はほんのりと頬を染めてぽりぽりと頬をかいた。

舞姫《まいひめ》の見よう見まねで皆《みな》に発破をかけてみたのだが……やはり、あまり自分に向いているとは思えない。そもそも、青生は舞姫のことを皆のように『姫』と呼ぶことさえ少し気《き》恥《は》ずかしかったのだ。

とはいえ、それで皆の戦意が高揚《こうよう》したのなら良しとしておこう。海に現れた〈アンノウン〉は滅多《めった》に姿を見せない大型種だ。それに対する恐《おそ》れを少しでも鈍らせることができたなら大成功である。……まあもっとも、その功績は青生というよりも、舞姫にあるといった方が適当なのだろうけれど。

「……八重垣《やえがき》さん！」

と、コンソールに向かっていた生徒の一人が、慌《あわ》てたような声を上げてくる。青生はハッと肩《かた》を揺らすと、そちらに目を向けた。

「〈アンノウン〉に何か動きがありましたか？」

「い、いえ、そうではないのですが……」

生徒が、もう一度コンソールを確かめるようにしてから言葉を続けてくる。

「ないんです。姫様の通信端末《たんまつ》から、応答が……」

「えっ？」

その報告に、青生は困惑《こんわく》したように目を丸くした。

◇

遡《さかのぼ》ること十数分前。

まさかの都市外に出た舞姫とシノを見守っていた四天王三人は、突然《とつぜん》響《ひび》いた警報にハッと肩を揺らした。

「警報……!?」

「……嘘《うそ》でしょうこんなときになんてタイミングですか」

「あ、姫ちゃんとシノが都市内に戻《もど》っていくわ。持ち場についてないことが知れたら、一体どこにいたのって疑われちゃうわよぉ」

來栖《くりす》が言うと、銀呼《ぎんこ》と柘榴《ざくろ》は「くっ」と息を詰まらせた。

「確かに來栖の言うとおりだ。姫殿《ひめどの》たちより先に都市内に入っておかないと」

「ザクちゃんと銀ちゃんは先に行ってちょうだい。私は後方支援《しえん》部隊だし、一応最後まで、シノが姫ちゃんに何か変なコトしないか見張ってから向かうわ。――もし私のこと聞かれたら、適当に誤魔化《ごまか》しておいてちょうだい？」

來栖の言葉に、二人は一瞬の逡巡《しゅんじゅん》ののち、こくりとうなずいた。

「ではお先に失礼します來栖さん」

「また、戦いのあとに報告をし合おう」

言って、柘榴がマーキングされた都市内のポイントへ飛び、銀呼が獣《けもの》のような跳躍《ちょうやく》力で地面を駆《か》けていく。

「…………」

一人その場に残った來栖は、ゆっくりと水平線の方を見つめた。

「ふうん……あの影、そしてこの警報——もしかして大型種かしら」

そしてその強大な敵を思い浮《う》かべ、ニッと頰《ほお》を緩《ゆる》ませる。

「もしかしたら……頃合《ころあ》いかもしれないわねえ」

來栖は独り言のようにそう呟《つぶや》くと、指をパチンと鳴らし、〈世界〉を再現する。

——來栖の身体《からだ》が、空気に溶《と》けるように無色透明《とうめい》になっていった。

海岸沿いの公園跡地《あとち》にいたシノと舞姫は、突如《とつじょ》響いた警報に目を見開いていた。

「警報……〈アンノウン〉⁉」

「……そのようだな」

目を細めて海の方を睨み付けながら、静かにそう答える。朧気《おぼろげ》にだが確かに、なだらかな水平線が微《かす》かに歪んでいるのか見て取れた。

舞姫が、ギリと奥歯を嚙《か》み拳《こぶし》を握《にぎ》る。——まるで、二九年前から変わらなかったはずの風景を侵《おか》されたことに怒《いか》りを覚えるかのように。

「──行くよ、シノ。海岸に近づく前に迎撃《げいげき》態勢を取らないと」

そう言って、スカートの裾《すそ》を翻《ひるがえ》して都市の方を向く。

「…………」

シノは一瞬の逡巡ののち、舞姫に並んで、足早に都市への帰路を走っていった。

確かにシノの任務は舞姫の暗殺であり、今は絶好の好機である。

だが、シノの仕事もその基本理念は、〈アンノウン〉を撃退《げきたい》して国を守ることにある。

舞姫の暗殺任務にしても、舞姫の存在が国にとって不利益になるとの判断から下ったものなのだ。

しかし、舞姫がこの国にとって如何《いか》な猛毒《もうどく》であろうと、対〈アンノウン〉戦における強力な戦力であることは自明である。今彼女を殺してしまうことによって防衛都市神奈川《かながわ》が苦境に立たされることは疑いようがなかった。

だから、仕方ないのだ。まずはこの状況《じょうきょう》を乗り切らねば──

そこまで考えて、シノは気づいた。

まるで、天河《てんかわ》舞姫を殺さずに済む言い訳を、必死で考えているかのようだと。

「…………」

シノは複雑な心境のまま壁《かべ》の扉《とびら》を通り、都市の中へ入っていった。

都市内は騒然《そうぜん》としていた。つい数分前まで学生生活を営んでいた生徒たちが、手に出力兵装を握りしめ、各々《おのおの》の持ち場へと走っていく。未《いま》だ鳴り響《ひび》く警報に混じって聞こえてくる足音、指示、奮起、あとはまあ、怒号《どごう》とほんの少しの泣き声。そんなものがない交ぜになって、都市内をいつもと違《ちが》う空間へと作り替《か》えていく。

有り体《てい》に言えば——戦いの空気が満ちていく。

「——じゃあ、ここで一旦《いったん》お別れだね。戦いが終わったらまた会おう、シノ」

「……ああ、そうだな」

そんな声に短く答えると、シノは舞姫と別れて、自分が所属する小隊と合流すべく、道を走っていった。

と、舞姫と別れてそう経《た》たぬうちに。

「シノ！」

聞き慣れた少女の声音《こわね》が、シノの鼓膜《こまく》を震《ふる》わせた。——ほたるが、群衆の中から抜《ぬ》け出て、シノのもとに走ってくる。まるで、シノが舞姫と別れるのを待っていたかのようなタイミングである。

「ほたる」

「大変なことになったね……天河舞姫は？」

「……まだだ。今奴《やつ》を殺すと、この戦いに出る影響《えいきょう》が大きすぎる。まずはこの〈アンノウン〉を何とかしてからだ」

シノが言うと、ほたるは一瞬眉《まゆ》をぴくりと動かしてから、ふうと息を吐《は》いた。

「……優《やさ》しいね、シノは」

「戯《ざ》れるな」

シノは微かに視線を逸《そ》らしながらそう返すと、とあることを思い出した。

そう。シノが舞姫を見逃《みのが》したもう一つの理由。

舞姫との会話の中で生じた、一つの疑問。

――ほたるちゃん。舞姫がそう呼んだ、彼女の親友の名を。

「……ほたる」

「何？」

「おまえは、天河舞姫と――」

周囲の喧噪《けんそう》に、シノの声がかき消される。ほたるが聞き取れないといった顔を作った。

「え？　何て言った？」

「……いや。あとでいい。それより、急ぐぞ」

「えっ、ちょ、待ってってば！」

シノが走り出すと、ほたるが泡《あわ》を食った様子でそのあとを追っていった。


シノと別れたのち、舞姫は戦闘準備を整えるため、愛用の出力兵装『エリス』がある格納庫に向かっていた。収納状態であれは携行《けいこう》は可能だったのだが、デートの際に武器を持ち歩くのも、乙女の嗜《たしな》みから外れる気がしたのだ。

と、そこで、舞姫は眉《まゆ》を揺らした。制服と一緒《いっしょ》に鞄《かばん》の中に放《ほう》り込んでいた通信端末から音が鳴っているような気がしたのである。

舞姫は一旦足を止めると、鞄を探《さぐ》って携帯端末を取り出した。画面を見やると、司令室からの通信であることがわかる。舞姫は画面を操作し、その通信を受けようとした。

が——そのとき。

「……へっ？」

舞姫は素《す》っ頓狂《とんきょう》な声を発した。しかしそれも当然だ。何しろ、操作していた端末が急に舞姫の手を離《はな》れ、ふわふわとその場に浮遊《ふゆう》し始めたのだから。

「わっ、な、なにこれ？」

舞姫は戸惑《とまど》いながらも、宙を舞《ま》う端末を摑《つか》まえようとピョンピョン飛び跳《は》ねた。しかし、端末は舞姫の手をすり抜けるように逃《に》げ回り、上手《うま》く捉《とら》えることができない。それどころか、携帯端末はそのまま路地を通るように飛んでいってしまった。

「ちょ……待ってってたら！」

さすがに司令室からの通信は無視できない。舞姫は空飛ぶ通信端末を追って路地に入っていった。

やがて、ひとけのない路地裏の行き止まりに至ったところで、端末は舞姫をからかうようにくるくる回ったのち、ようやく空中に静止した。

そしてその後ゆっくりと、空間に色が染《し》みだしてくるかのように、端末を持った人間の姿がそこに現れる。

「……！　來栖ちゃん⁉」

舞姫は目を丸くして叫《さけ》びを上げた。

そう。そこにいたのは、〈不可視伯《インビジブル》〉隠谷來栖その人だったのである。どうやら彼女が自分の身を〈世界〉再現で透明化し、舞姫の端末を弄《もてあそ》んでいたらしい。

「うふふ、びっくりした？」

來栖は悪戯《いたずら》っぽく笑うと、舞姫の端末をヒラヒラと振《ふ》ってみせた。

「したよ。いたならいたって言ってくれればいいのに。……あ、それより、〈アンノウン〉だよ。それも、かなりの数。端末《たんまつ》返してちょうだい。すぐ司令室に連絡《れんらく》取らないと」

「ああ——これぇ？」

舞姫が來栖の手元を指さしながら言うと、來栖はニコッと微笑《ほほえ》み——

そのまま、端末を地面に落として、踵《かかと》で画面を踏《ふ》み潰《つぶ》した。パキッという音が鳴り、端末がへしゃげてしまう。

「あっ！　な、なにするの、來栖ちゃん！」

「うふふ……ごめんねぇ、姫《ひめ》ちゃん。でも、今連絡を取られると困っちゃうのよぉ。こんな好機、二度となさそうだし」

言って、來栖がくすくすと笑う。

舞姫は來栖の言っている意味がわからず、困惑《こんわく》気味に眉をひそめた。

「……何言ってるの、來栖ちゃん」

舞姫の言葉に、來栖が笑みを濃《こ》くしながらパチンと指を鳴らす。

すると、舞姫の後方に、一〇名ほどの生徒が現れた。皆《みな》手に出力兵装を持ち、油断なく舞姫を見つめている。どうやら、舞姫はこの袋小路《ふくろこうじ》に誘《さそ》い込まれたらしい。

「……この人たちは？」

舞姫が怪訝《けげん》そうな顔をしながら問うと、來栖は髪《かみ》をかき上げ、大層可笑《おか》しそうに歪《ゆが》めた目で舞姫を見てきた。

「悪いけど、姫ちゃんにはちょっとここで大人しくしててもらいたいのよぉ」

「……どういうこと？　私は今から〈アンノウン〉と戦わなきゃいけないんだけど」

「だぁ・かぁ・らぁ……」

間延びしたような声で言いながら、來栖が肩《かた》をすくめる。

「それをされると困っちゃうって言ってるのよぉ。——あの大軍勢を倒《たお》されちゃったら、まぁーた姫ちゃんの戦績が積まれちゃうでしょぉ？　ただでさえ何年も連続で関東圏《けん》の個人ランク一位をキープし続けてるんだからぁ」

あごに触《ふ》れさせていた指をゆっくりと舞姫の方に向けながら、來栖が続ける。

「姫ちゃんたら強すぎるでしょ？　そのくせ、どれだけ戦績を積んでも早期卒業して内地に行こうとしない。ってなると、困る人が出てくるのよぉ。たとえば、万年二位に甘んじてる東京の都市首席さんとかぁ」

「え……っ、なんで？　私たちは協力してこの国の人たちを守って——」

「うぅん、そうなんだけどぉ、姫ちゃんみたいに純粋《じゅんすい》な人ばっかりじゃないのよぉ。やっぱりランク一位っていうのはブランドだしぃ、いざ内地入りするってなったときも待遇《たいぐう》が違うじゃない？」

——馬鹿《ばか》な。舞姫は信じられないものを見るような目で來栖を睨《にら》み付けた。

「……一応聞くよ。本気で言ってるの？」

「ええ。本気よ。——ああ、安心して。別に東京の首席サンも、国を守るっていう理念だけは持ってるから。姫ちゃんがいなくなって神奈川がピンチになったら、すぐに東京が駆《か》けつけて助けてくれるわ。——ほら！　これで神奈川も助かって、東京勢もランクが上がる！　ＷＩＮ－ＷＩＮってやつじゃなぁい？」

「隠谷。喋《しゃべ》り過ぎだぞ」

舞姫の背後に立った男が、低い声で言う。來栖がヒラヒラと手を振った。

「姫ちゃんにはある程度状況を理解しておいてもらわないとまずいのよ。今一番怖《こわ》いのは、話も何も聞かずに暴れられることだし。姫ちゃんが本気で暴れたら、この程度の人数いないも同じよぉ？」

『……ッ』

來栖が言うと、東京の生徒たちが息を呑んだ。

「…………」

舞姫はギリと奥歯を噛《か》んだ。

難しいことはわからない。だが、今目の前にいる少女が、そしてその後ろにいる者が、極《きわ》めて利己的な理由で舞姫の都市を、そこに住まう生徒を危険に晒《さら》そうとしていることだけは理解できた。

「……それで、私が素直に言うこと聞くと思ってる？　それとも、無理矢理私を押さえつけられる自信があるの？」

「まさかぁ。姫ちゃんを力尽《ちからず》くでどうこうできる人間なんて、この世に存在するのぉ？」

冗談《じょうだん》めかした調子で來栖がからからと笑う。

「…………」

舞姫が全身から敵意を立ち上らせながら、足を一歩前に踏み出す。東京の生徒たちが戦《おのの》くように息を詰まらせた。

しかし、そこで來栖が目を細めたかと思うと、またもパチンと指を鳴らした。

するとその瞬間《しゅんかん》――

都市部の方から、ドン！　という爆発音《ばくはつおん》が響いた。ビリビリと空気が震え、その音に驚《おどろ》いたと思《おぼ》しき鳥が数羽飛び去っていく。

「な……!?」

思わず目を見開き、音のした方を見やる。建物の合間から煙《けむり》が立ち上り、〈アンノウン〉

襲来《しゅうらい》を告げるものとは別のサイレンが鳴り響いた。

「來栖ちゃん、一体何をしたの……!?」

「うふふ、私も神奈川暮らし長いじゃない？　だからぁ、少ぉーしずつ、都市内にお土産《みやげ》を置いてきたの」

「來栖……ッ！」

怒気《どき》の籠《こ》もった声を上げる。來栖がおどけるように肩を抱《だ》いた。

「やぁん。怒《おこ》っちゃやーよ、姫ちゃん。あんまり怖い顔してると、間違《まちが》ってもう一つくらい爆発させちゃうかもしれないわよ？」

「……ッ、この——」

舞姫が射殺《いころ》すような視線で來栖を睨み付けると、來栖がまたもふふっと口元を緩《ゆる》めた。

「だから……ね？　言うことを聞いてほしぃなあ。私も、せっかく仲良くなれた神奈川の子たちを殺したくないのよぉ。——大丈夫《だいじょうぶ》、姫ちゃんも悪いようにはしないわ。ランキングの邪魔《じゃま》にならないように、早期卒業して安全な内地に行ってもらうだけだから。ま、もちろん足が付かないように裏ルートからだけど。

……それとも、ここで暴れて、神奈川の子たちを見捨てちゃう？」

「く……」

舞姫は悔《くや》しげにうなると、ガッ！　と踵を地面に叩《たた》き付けた。石造りの地面に亀裂《きれつ》が入り、周囲の生徒たちがビクッと肩を揺らす。

だが、神奈川全体を人質《ひとじち》に取られている以上、下手《へた》な真似《まね》はできなかった。細く息を吐《は》いたのち、観念したように両手を上げる。

すると、背後の生徒たちが数秒の間様子を窺《うかが》うようにしてから、恐《おそ》る恐る舞姫に近づいてきた。そしてそのうちの一人が、上着のポケットから手錠《てじょう》を取り出し、ガチャンと舞姫の手を拘束《こうそく》する。

「ああ、駄目《だめ》よ駄目。そんなの、紙のリボンを巻いてるのと変わらないわ」

と、そう言いながら來栖がゆっくりと歩み寄ってくる。

「私に任せて」

そして、來栖が優《やさ》しい手つきで舞姫の頬《ほお》を撫《な》でてきた。

瞬間――

「な……っ」

舞姫は自分の目をごしごしと擦《こす》った。

まるで〈世界〉再現をした來栖のように、周りの景色が見えなくなっていったのである。

僅《わず》か数秒の間に、視界が真っ白になっていく。まるで、何もない虚空《こくう》に置き去りにされたかのような感覚。その中にぽつんと、來栖の姿だけが浮《う》き上がっていた。

「なに……これ……⁉　こんなの、來栖の〈世界〉じゃ――」

「ふふっ、私の〈世界〉が物質の透明化《とうめいか》だなんて、いつ言ったかしら。――これで姫ちゃんは、誰《だれ》からも見えない。姫ちゃんには、私以外の何も見えない。悪いけれど、姫ちゃんは大型〈アンノウン〉に恐れをなして逃げちゃったってことにさせてもらうわよぉ？」

そう言って來栖が、凄絶《せいぜつ》な笑みを浮かべた。

◇

ほたるとともに武装した生徒たちが集まったエリアに至ったシノは、自分が所属する小隊のもとで、出撃命令《しゆつげき》を待っていた。

「……シノ」

「ああ」

ほたるの声に、シノは微《かす》かに眉根《まゆね》を寄せながら返した。

先ほどまでよりも、都市内が騒然《そうぜん》としていたのである。

戦闘《せんとう》前の高揚《こうよう》や興奮とは違う。明らかに、生徒たちが動揺《どうよう》している。

しかしそれも無理からぬことではあった。何しろつい数分前、都市内で謎《なぞ》の爆発があったばかりなのだ。

それきり爆発はないが、タイミングがタイミングなだけに、皆の心に芽生えた不安は大きかった。今までにない〈アンノウン〉の攻撃《こうげき》なのではないかと、根拠《こんきょ》のない噂《うわさ》が凄《すさ》まじい速さで広がっていく。

「……何なんだ、一体」

シノが眉《まゆ》をひそめていると、その背に、野太い男の声がかけられた。

「おう、紫乃宮《しのみや》」

「ん……？」

振《ふ》り向くと、そこに見知った顔があった。――杉石《すぎいし》だ。

「おまえが一緒《いっしょ》とは頼《たの》もしいな。見たぜ、ランク戦。強《こわ》えとは思ってたけど、まさか四天王を二人も倒しちまうとは思わなかったぜ」

「運が良かっただけだ。それより、さっきの爆発音だが」

「ああ……」

シノの言葉に、杉石が先ほど爆発音がした方向を見た。

「A区画の方だな。姫様の寮《りょう》から煙《けむり》が上がってるって話だ。〈アンノウン〉の攻撃にしちゃ二発目がないのは不自然だし、偶然《ぐうぜん》にしちゃあアナウンスが遅《おそ》い。司令室の方でも原因を突《つ》き止められてないんだろうよ。まさか姫様が料理中にドジっ子炸裂《さくれつ》させたってわけでもねえだろうし」

「なるほどな。しかし、このままでは生徒たちに不安が広がるだけだろう。何か――」

と、シノが言いかけたところで。

「――シィイイイイノォォォォォォォ――――！」

どこからともなく、シノの名を呼ぶ声が聞こえてきた。

杉石も気づいたらしい。きょろきょろと辺りを見回し、ははっと笑う。

「お、なんだ？　早くもファンができたか？　手でも振ってやれよ。人気に応《こた》えるのも戦士の――げふっ⁉」

言葉の途中《とちゅう》で、杉石が派手に倒れ伏《ふ》す。

だがそれも当然だった。何しろ杉石の頭の上に、建物の上から跳躍《ちょうやく》した〈番犬《アイギス》〉佐治原銀呼が飛び乗っていたのだから。

「見つけたよ、シノ！」

「佐治原？」

シノが怪訝そうな声を発すると、今度はシノのすぐ目の前に小柄《こがら》な人影《ひとかげ》が現れた。――〈音無き死神《サイレント》〉音無柘榴である。

「……もう逃《に》がしませんよさあ答えなさい姫《ひめ》さんはどこですか今日あなたと一緒だったことは知っているのです」

栢榴がパンダの胸《むな》ぐらを掴《つか》みながら、捲《まく》し立てるように言ってくる。

「天河……だと？　どういうことだ？」

シノが言うと、銀呼と栢榴は苛立《いらだ》たしげに表情を歪《ゆが》めてきた。

「何を言っているんだい。姫殿《どの》を連れ出したのは君じゃないか。端末《たんまつ》に応答もなければ、匂《にお》いもしない！　僕たちが目を離《はな》した一瞬の隙《すき》に、一体姫殿をどこへやったんだい⁉」

「そうですまさか姫さんを拉致監禁《らちかんきん》とかしてるんじゃないでしょうね服屋さん喫茶店《きっさてん》商店街都市外でおにぎりのあとはお持ち帰りとか許しませんよ」

「そうだよ！　姫殿の優しさに付け込んでわざわざ同じストロー使ったりして！　ああもお妬《ねた》ましいうらやましぃぃぃぃぃ！」

銀呼と栢榴の言葉に、シノは眉をひそめた。

「……まるで見ていたかのような詳細《しょうさい》さだな。というか、見ていたのか」

「それは今重要じゃない！」

「そうですよ話を逸《そ》らさないでください」

「………」

何というか腑《ふ》に落ちないものを感じたが、とりあえずシノは黙《だま》っておいた。それよりも先に、確かめねばならないことがあったからだ。

「それより、どういうことだ？　天河はまだ戻《もど》っていないのか？　確かに私は天河といたが、都市内に戻ったところで別れた。それから先は知らん」

シノが言うと、二人は（正確には、銀呼とパンダが）一瞬目を見合わせてから、再びシノの方を向いてきた。

「……本当かい、それは」

「ならば姫さんはどこへまさかあの姫さんが戦いから逃げるはずはないですし――」

と、言いかけたところで、銀呼と柘榴が同時にぴくりと眉を揺《ゆ》らした。

そして制服のポケットから通信端末を取り出し、画面を操作する。

「はい、こちら佐治原。ああ、ごめんごめん。姫殿を捜《さが》してて気づかなかった。それで、姫殿の居場所はわかっ――え？」

銀呼が眉根を寄せ、息を詰《つ》まらせる。それと同時、端末から叫《さけ》ぶような声が漏《も》れ聞こえてきた。

『――至急司令室に来てください！　大変です！　天河さんが……さらわれました！』

「……ッ！」

銀呼がキッと視線を鋭《するど》くしてシノを睨《にら》み付け、柘榴がパンダのぬいぐるみの視線を鋭くしてシノにぐいぐい押しつけてくる。

「やはり……君だったか、シノ！」

「やっぱりやってくれましたねこの泥棒猫《どろぼうねこ》さあ言いなさい姫さんをどうしたのですコトと次第《しだい》によってはただでは済ませませんよ」

「だから、私は」

と、そこで青生が、端末の先から声を上げてきた。

『え？　もしかして、紫乃宮さんもそこにいるんですか？』

「ああ。安心してくれ青生。今すぐこの犯人を引っ捕《と》らえて……」

『ち、違います。紫乃宮さんじゃありません。犯人は別にいるんです！』

「なんですってどういうことですか」

柘榴と銀呼が眉を歪める。青生が焦《あせ》るように続けた。

『とにかく、すぐに来てください。皆《みな》さんの力が必要です……！』

「わ、わかった。すぐに向かうよ」

銀呼はそう言うと、シノの方を一瞥《いちべつ》してきた。

「……悪かったね、疑って」

「構わん。それより――」

シノは小さく首を振ってから、銀呼の目を見据《みす》え、言葉を続けた。

「――私も、連れていけ」

「なんだって？」

シノの言葉に、銀呼は眉根を寄せた。

それはそうだろう。重要参考人であるというならまだしも、容疑が晴れた今シノは完全な部外者である。

だが、シノは行かねばならなかった。自分以外にも舞姫を狙《ねら》っている勢力が存在したということは、そこに、舞姫を殺すに足る理由を知る手がかりがあるのではないかと思ったのだ。それに――

「………………」

頭の中に浮かびかけた考えを振り払《はら》うように、シノはかぶりを振った。

舞姫を殺すのは――シノでなければならない。理由は、それだけで十分だった。

「……何を言ってるんですかあなたには関係――」

『いえ』

柘榴が言いかけたところで、青生がその言葉を止めた。

『是非《ぜひ》紫乃宮さんにも来てもらってください。天河さんを助けるために、力ある生徒は一人でも多く欲《ほ》しいです。それは、直接戦ったお二人が誰よりもわかっているのでは？』

「それは……」

「……む」

銀呼と柘榴がぐうとうなり、黙り込む。

しかし青生の言うこともっともだと判断したのだろう。少し不服そうな気配を残しながらも、こくりと首肯《しゅこう》した。

「わかった。……来てくれ、シノ」

「ああ」

シノは、拳《こぶし》を固めながらうなずいた。

するとそこで、銀呼の足下《あしもと》から、弱々しい声が響《ひび》いてくる。

「……あの、お取り込み中のところ悪いんスけど、そろそろ退《ど》いてくれませんかね……」

銀呼の登場と同時に踏《ふ》みつぶされていた杉石が、指先を震わせながら訴《うった》えてくる。

「あ、ごめん」

銀呼は頭をポリポリとかきながらそう言うと、杉石の頭からぴょんと飛び降りた。

◇

「——來栖が、東京のスパイ⁉」

神奈川学園の地下に位置する中央司令室で。

青生からもたらされた情報に、三人は驚愕《きょうがく》の表情を作った。

それはそうだ。四天王の一人である來栖が、東京首席のランクを上げるため都市を人質《ひとじち》に取り、舞姫を誘拐《ゆうかい》したというのである。

「隠谷來栖が——か」

「……そんなまさか信じられませんあの來栖さんがスパイだったなんて」

「しかも、都市内に爆弾《ばくだん》を仕掛《しか》けて、僕たちを人質に姫殿を誘拐しただって……⁉　姫殿の優《やさ》しい心に付け込むなんて、卑劣《ひれつ》なことを……！」

柘榴と銀呼が、憤然《ふんぜん》と息を吐《は》く。だがそれも当然だろう。今の今まで仲間だと思っていた來栖に裏切られ、最愛の舞姫まで拐《かどわ》かされたというのだ。——しかも、〈アンノウン〉の大群が迫《せま》っているこの最悪のタイミングで。

「はい……信じたくはありませんが、真実です」

青生が、苦々しい表情で言う。

しばしの沈黙《ちんもく》ののち、柘榴と銀呼が声を上げた。

「……とにかく姫さんを捜しましょう」

「ああ。でも……僕が匂いを感じ取れないということは、もう都市内にはいないのかもしれない。そうなると難しいな。東京に向かっていると考えるのが妥当《だとう》だけど……」

「いや」

銀呼の言葉に、シノは首を振《ふ》った。

「――無論、音無のような〈世界〉使いがいる可能性がある以上楽観はできないが、この短時間で佐治原の鼻が利《き》かない場所まで逃げ延《の》びたとは考えづらい。何らかの方法で天河の匂いを消し、都市内に潜《ひそ》んでいる可能性もある。もしそうだった場合、都市外に捜索《そうさく》に出るのはいたずらに時間を消費するだけだ」

「ぐ……」

銀呼が悔《くや》しげにうなる。それを見てか、柘榴が「それならば」と声を上げた。

「私が追います基本的に一度行ったことのある場所にはマーキングを施《ほどこ》しています都市内及《およ》び神奈川から東京の間を虱潰《しらみつぶ》しにしていけばあるいは」

「……確かにそうかもしれませんが、確実性が薄《うす》いうえ、時間がかかりすぎます。〈アンノウン〉が大挙して押し寄せてきているこの状況《じょうきょう》で、天河さんに加えて切り込み隊長である音無さんが抜《ぬ》けてしまうのは非常に厳しいです。天河さんを無事助け出したら神奈川がやられていました、ではお話になりません」

「うぐ」

柘榴がパンダの首をぎゅむと絞《し》める。

「……〈アンノウン〉たちが最初の迎撃《げいげき》ポイントに来るまであとどれくらいなんですか」

「はい。あと約——一五分です」

「……それは確かに難しいですねならばここは先に〈アンノウン〉を撃退しそれから姫《ひめ》さんを助け出すという方が現実的では」

「確かにそうかもしれませんが……その場合は、攻撃《こうげき》の要《かなめ》であり、皆さんの精神的主柱でもある天河さんがいない状態であの大軍と戦わねばならなくなります。それに、もし〈アンノウン〉を退けられたとしても、その間に隠谷さんたちは逃走《とうそう》してしまうかもしれません。天河さんを連れ戻すことは非常に難しくなります」

『…………』

その言葉に、銀呼と柘榴は難しげな顔をして黙り込んだ。

「……つまり、それはあれかい？　あとたった一五分の間に姫殿を助け出し、態勢を整えて〈アンノウン〉を撃退しなければならない……と」

「……しかも都市内にいくつあるかもわからない爆弾を抱《かか》えた状態で」

頬《ほお》に汗《あせ》を垂らしながら、銀呼と栢榴が言う。

青生は、苦しげに眉根《まゆね》を寄せながら、こくりとうなずいた。

「……そういうことになります」

青生のことばは簡潔で、それゆえ絶望的であった。銀呼と栢榴、そしてその会話を聞いていた司令室の生徒たちが、額に汗を滲《にじ》ませてうなりを上げ始める。

だが、そうしている間にも時間は過ぎ去っていく。早く策を考えなければならない。しかし焦れば焦るほど思考は混乱していく。皆《みな》の頭がぐちゃぐちゃになっていくのが、傍《はた》から見ても手に取るようにわかった。

「………………」

恐《おそ》らくこの司令室の中でもっとも落ち着いているであろうシノは、小さく息を吐きながらあごに手を当てた。

天河舞姫とは、シノが思った以上に彼女らにとって大きな存在であるらしい。皆の表情から、動揺《どうよう》と狼狽《ろうばい》が面白《おもしろ》いくらいに滲み出ている。こんな状態では、冷静な思考などできようがないだろう。

実際――彼女らは、非常にシンプルな解決法をスルーしてしまっていた。

「——手は、ある」

シノが言うと、皆は目を見開いて視線を送ってきた。

「ど、どうするんですか？」

「簡単だ。天河を助けることを一番に考えてしまうから無理が出る。隠谷來栖のことだ。恐らくおまえらのそんな思考まで予想のうちだったのだろう。だから、まずはそれを頭から外せ。——天河は、助けなくていい」

『な……ッ』

シノの言葉に、銀呼たちが表情を険しくする。

「何を言っているんだ！　姫殿《どの》を助けるのは最優先事項《じこう》だ！」

「そうです話になりません姫さんがどれほど大事な人かわかっていないようです」

予想通りの反応である。シノは二人を手で制しながら続けた。

「最後まで聞け。そもそも、天河を助ける、とはどういう行為《こうい》を指す。天河が囚《とら》われている場所を発見し、隠谷を倒《たお》して天河を解放することか？」

「何を……そんなの、当然じゃないか」

「——本当に、そんなことが必要か？　たとえ錠《じょう》に縛《いまし》められ、鉄の檻《おり》に囚《とら》われているとして、天河舞姫は本当に逃《に》げ出せないのか？　あの怪物《かいぶつ》は、そこまで脆弱《ぜいじゃく》か？」

「あ――」

銀呼が、ようやく気づいたように目を丸くする。

「そうだ。私たちが為《な》すべきは、天河を真に縛めている原因の除去のみだ。そうすれば、あの女は一人で勝手に脱出《だっしゅつ》する」

「で、でも、それって要は、都市内に仕掛けられた複数の爆弾を一五分以内に全《すべ》て除去するってことですよね!? そんなこと――」

言葉の途中《とちゅう》で、青生がハッと息を詰《つ》まらせる。そして一拍遅《いっぱくおく》れて、銀呼と柘榴も、また。皆も気づいたのだろう。――その、一見無茶な仕事が、今この場においては不可能ではないかもしれないことに。

シノは、そう、と首肯した。

「――いくぞ、四天王。浅慮《せんりょ》な裏切り者に目に物を見せてやれ」

シノ、柘榴、銀呼、青生の四人は、司令室を管制官たちに任せて地上の学舎へと出――その屋上へと上った。

都市の中心に位置する学園の屋上からは、都市内の、そして海岸線の様子を一望することができた。

戦闘態勢《せんとう》を整えた生徒たちが海岸線近くにずらりと整列している。するとちょうどそのタイミングで、低い駆動音《くどう》を立てながら、海に次々とブロックがせり上がっていった。大型〈アンノウン〉の上陸を防ぐ岩礁兼《がんしょうけん》生徒たちが〈アンノウン〉を迎《むか》え撃《う》つ足場である。それを伝って、先遣隊《せんけんたい》の生徒たちが次々と沖《おき》の迎撃ポイントまで移動していった。

水平線の向こうに見えた〈アンノウン〉の影《かげ》は、先ほどまでよりもずっと大きくなっている。迎撃ポイントに接近するまで、もうほとんど猶予《ゆうよ》はないだろう。

「──佐治原さん、お願いします！」

潮風にたなびく髪《かみ》を押さえながら、青生が声を上げる。銀呼はそれに応《こた》えるように首肯すると、口元を覆《おお》っていたマフラーを外し、すうっと大きく息を吸った。

都市の全域をカバーするように数度角度を変えてそれを繰《く》り返し──まるでワインをテイスティングするソムリエのように目を伏《ふ》せて小さくうなりを上げる。

「どうだ、佐治原」

シノが問うと、銀呼はトントンと指で頬を叩《たた》いたのち、カッと目を見開いた。

「──うん、あるね。東に一二、西に一〇、南に八、北に一〇。ついでに学校の中に三。締《し》めて四三個。言われなければ気にしないくらいの微《かす》かなものだけど、確かに來栖の匂《にお》いと爆薬《ばくやく》の臭《にお》いが混ざったものがある。ふん……よくもこんなに仕掛けてくれたものだね」

銀呼は苛立《いらだ》たしげに言うと、青生に向かって手を伸《の》ばした。

「位置を共有しておこう。青生、お願いできるかい？」

「はい」

銀呼の声に応じ、青生が銀呼の手を握《にぎ》る。

「……？　何をしている？」

「少し待ってください」

青生はそう言うと精神を集中させるように目を閉じた。

すると数秒後、シノの頭の中に、不思議なビジョンが浮《う》かんでくる。

「な――」

――都市内の俯瞰図《ふかんず》と、そこに記された幾《いく》つもの赤い点。まさか、と思い青生の方を見る。すると青生は、シノの意図を察したようにうなずいてきた。

「佐治原さんの頭の中にあるビジョンをお借りして、皆《みな》さんに共有させてもらいました。この方が、言葉で説明するより早いと思いまして」

「……これがおまえの〈世界〉というわけか」

シノは感服したように鼻から息を出した。これならば、戦況《せんきょう》をいち早く前線に伝えることができる。彼女が銀呼や柘榴たちと並んで四天王と呼ばれている理由が、ようやく理解できたシノだった。

「——とにかく場所が分かったのなら話は早いです行ってきます」

と、柘榴がそう言ったかと思うと、トン、と地面を蹴《け》るように跳躍《ちょうやく》した。

「！　音無、待——」

シノはその気配を察し、制止しようとしたが——遅《おそ》い。次の瞬間《しゅんかん》、柘榴の姿はその場から消えていた。

そしてしばらくしてから、元の場所に柘榴が現れる。

「……少し発見に手間取りましたが見つけましたこれですね？」

目線を合わせないようにしながら、柘榴が手を差し出してくる。手のひらの上には、何も載《の》っているようには見えなかった。

しかし、シノが手を伸ばすと、そこに、硬質《こうしつ》の箱のようなものがあることがわかる。

——來栖が透明《とうめい》化した爆弾《ばくだん》だ。これでは、長い間生徒が気づいていなかったのも道理である。

その感触《かんしょく》を確かめながら、シノは半眼を作って柘榴を見た。

「命拾いしたな、音無」

「……どういうことですか」

「もし振動《しんどう》センサーの類《たぐい》がついていたら、これを持ち上げた時点でおまえは死んでいた」

「……！」

シノの言葉に、柘榴がビクッと肩《かた》を揺《ゆ》らす。

まあ、都市内に長期間仕掛《しか》けてあった爆弾である。そう簡単に爆発しては困るだろうし、そこまで敏感《びんかん》な作りにはしていないだろうと踏《ふ》んではいたのだが……少しぐらい怖《こわ》がらせていた方が柘榴の今後のためになるだろう。

「しかし、センサーを確かめる手間が省けたのは僥倖《ぎょうこう》だ。この透明な物体を調査しようとしたら、時間がどれだけあっても足りない。その点についてはお手柄《てがら》だぞ、音無。おまえの身を挺《てい》した勇気に賛辞を」

「……あうう」

シノが皮肉げに言うと、柘榴が気まずそうにフードを引っ張り目元を隠《かく》した。

と、そんな柘榴に顔を近づけるようにして、銀呼がすんすんと鼻を動かす。

「……ふうん。この距離《きょり》で嗅《か》いでみると、存外わかりやすいものだね。こんなものが四〇以上も都市内にあったっていうのに、今まで僕は気づけなかったのか」

言って、悔《くや》しげに顔を歪《ゆが》める。

確かに、銀呼の言うとおりである。來栖がどれだけの期間をかけてこれを都市内に設置していたのかはわからないが、その間異常嗅覚《きゆうかく》を持つ銀呼に一度も気づかれなかったというのは不自然である。

「……もしかしたら隠谷の〈世界〉は、物質の透明化ではなく——そうだな、言うなれば、認識《にんしき》の誤魔《ごま》化《か》しに近いものなのかもしれない」

「認識の誤魔化し？」

「ああ。対象の物質が透明になっているわけではなく、その対象を見る者に、それを知覚できなくするということだ。視覚や聴覚《ちようかく》——嗅覚を誤魔化してな」

「……！　なるほど」

シノの言葉に、銀呼が忌々《いまいま》しげに歯がみした。それならば長い間銀呼がこれに気づかなかった理由にも説明が付くと思ったのだろう。

「でも、もしそうだとするなら、なぜ僕は今この爆弾を見つけられたんだい？　微かだが、確かに來栖の匂いを感じ取れるよ」

「あくまで仮説にはなるが、これだけの〈世界〉再現を、無制限無尽蔵《むじんぞう》に行えるとは考えづらい。一定のキャパシティがあると考えるのが妥当《だとう》だ。——だとしたら隠谷には今、爆弾《これ》よりも隠しておきたいものがあるのかもしれないな」

「あ……！」

青生が察したように声を上げる。

そう。今來栖が最優先で銀呼の鼻から隠し通さねばならないもの。

それは舞姫であり、自分自身の存在であるはずだった。

そしてそれはつまり、舞姫と來栖がまだ銀呼の鼻が届く範囲《はんい》にいるということの証左でもあった。それに気づいたらしい四天王が、にわかに表情を明るくする。

だが、気を抜《ぬ》くことはできない。シノは視線を鋭《するど》くして四天王に指示を飛ばした。

「――とにかく、今は爆弾を除去するのが急務だ。八重垣は都市内に残っている部隊の生徒に情報を共有し、比較的《ひかくてき》回収が容易な位置にある爆弾を集めさせてくれ」

「わ、わかりました」

「私と佐治原は、学舎内の爆弾を捜《さが》す。そして――音無。都市内にマーキングは済ませているだろうな」

「……当然隙間《すきま》なく姫《ひめ》さんを追うための下準備は抜かりありません」

「安心した。通常人が行かないような位置、向かうのに時間がかかる位置に仕掛けられている爆弾が一〇個ある。それらを集めてくれ」

「……あなたに指図されるのは気に入りませんが了承《りょうしょう》しました姫さんのために」

シノと銀呼と青生と柘榴（のパンダ）は視線を交じらせあうと、小さくうなずき合ってから散開した。

〈アンノウン〉の襲来《しゅうらい》と謎《なぞ》の爆発音にざわつく都市内で、ほたるは他《ほか》の生徒たちにも増して困惑《こんわく》していた。

それはそうだ。謎の爆発があったのち、突然《とつぜん》四天王の二人が現れ、シノがそれについて行ってしまったのである。

シノは心配するなと言っていたが、どだい無理な話だ。もしやシノと自分の目的が露見《ろけん》してしまいはしないだろうかという不安が脳裏《のうり》を掠《かす》める。

「だから、目立つ行動はやめた方がいいって言ったのに……」

今さら言っても詮《せん》ないことではあるが、言わずにはいられなかった。シノは非常に優《ゆう》秀《しゅう》なエージェントではあったけれど、少々己《おのれ》の身を顧《かえり》みないところがあるのが玉に瑕《きず》であった。

と、ほたるがそんなことを考えていると。

それをかき消すかのように、頭の中に不思議な声が聞こえてきた。

『――皆さん、八重垣です』

「えっ？」

四天王・八重垣青生の声が、頭蓋《ずがい》の中に響《ひび》き渡《わた》る。その奇妙《きみよう》な感覚に、

『どうか、落ち着いて聞いてください。――今、本都市内に、複数の爆弾が仕掛けられているることが判明しました』

「え……!?」

ほたるは思わず息を詰《つ》まらせた。と、周囲の生徒数名にもほたると同じ声が聞こえていたらしい。ある者は驚《おどろ》き、ある者は身を強《こわ》ばらせている。

『この声は、爆弾の近くにいると思われる皆さんに届けています。爆弾は透明化しており、目では見ることができません。今、都市内の見取り図を共有しますので、それを参考にして早急に爆弾を発見してください。特徴《とくちょう》は――』

そして、青生が爆弾の簡単な特徴を述べた。次いで頭の中に、都市内の見取り図と、爆弾があると思《おぼ》しき場所が浮かんでくる。

「こ、これって……」

「おう、青生サンの念話は初めてかい、凛堂《りんどう》」

ほたるが困惑していると、近くに居た男が話しかけてきた。先ほどシノと会話をしていた、杉石という名のクラスメートである。

「あ、うん……これって一体」

「聞いての通りさ。状況《じょうきょう》はよくわからんが、どうやら神奈川がピンチらしい。——さ、地図は貰《もら》った。宝探しを始めようぜ」

「ば、爆弾よ⁉　下手《へた》をしたら爆発するかもしれないのよ⁉　怖くないの⁉」

「馬鹿《ばか》ヤロィ、怖《こえ》ぇに決まってんだろうが」

ほたるが言うと、杉石が肩をすくめた。

「でも、俺らの都市《まち》だしなぁ。それに——もし姫様の留守中にココが吹《ふ》っ飛びなんてしたら、前線の姫様に顔向けできねえだろうが」

言って杉石はニッと笑い、見取り図にあった場所に走っていった。

周囲にいた他の生徒たちも、各自迷うことなく行動を開始する。

「……ああ、もうっ。何なのここの生徒たちはっ！」

一瞬の逡巡《しゅんじゅん》ののち、ほたるもまた、地を蹴った。


——そして、都市を上げての大捜索《そうさく》が始まった。

青生は、後方部隊の中から爆弾に近い位置にいると思しき生徒に情報を共有。突然の青生からの念話に生徒たちは大層驚いたようだったが、時間がないことを理解してくれたのか、皆戦闘《せんとう》準備を中断して迅速《じんそく》に行動を開始した。

数分ののち。シノと銀呼はそれぞれ学内に仕掛けられていた爆弾を発見し、青生の待つ屋上へと戻《もど》っていた。銀呼が先ほどと同じようにすうっと息を吸い、匂《にお》いを分析《ぶんせき》するように目を伏《ふ》せる。

「……ん、四三のうち、四二の爆弾が、さっきあった場所から移動している。どうやら皆《みな》、滞《とどこお》りなく爆弾を見つけてくれたようだ」

「あと一つは――」

「今、柘榴が捜しているみたいだ。――っと、今移動した。見つけたみたいだね」

銀呼の返答を聞いて、青生がほうと息を吐《は》いた。

「ど、どうにか間に合いそうですね。あとは爆弾を無力化できれば――」

が、その瞬間。

【――！】

海の方から、咆吼とも警報ともとれない音が響いてきた。

「な――」

青生が、息を詰まらせる。それと同時にシノと銀呼も海の方を振《ふ》り返った。

それは、〈アンノウン〉が発する声のようなものだった。いつの間にか巨大《きょだい》なトリトン級〈アンノウン〉率いる軍勢が、迎撃《げいげき》ポイントのすぐ近くまで侵攻《しんこう》してきていたのである。

「まさか……早すぎる！」

銀呼が焦燥《しょうそう》に満ちた声を絞《しぼ》り出す。確かに、予想以上のスピードである。

シノはチッと舌打ちをすると、青生に視線を向けた。

「仕方ない。――八重垣、今爆弾《ばくだん》を保有している生徒全員に念話を送れ。――総員、全力で爆弾を上空に放《ほう》り投げろ、と」

「え……ええッ!? そんなことしたら――」

「時間がない。早くしろ」

シノが言うと、青生は逡巡するように目を泳がせたのち、祈《いの》るように目を瞑《つぶ》った。

すると次の瞬間《しゅんかん》、頭の中に青生の声が響いてくる。

『み、皆《みな》さん……今から合図をしますので、手に持っている爆弾を、全力で上空に放り投げてください……！』

一拍《いっぱく》置いてから、青生が続ける。

『いいですか⁉　いきますよ⁉……三、二、一――今ッ！』

青生が、頭の中で叫《さけ》びを上げる。

するとそれに従い、都市内の至るところから、何かを投擲《とうてき》するようなヒュン、という音が聞こえてきた。

後方支援《しえん》部隊とはいえ、それを手にしていたのは皆、身体《からだ》に命気《オーラ》を巡《めぐ》らせた生徒たちである。その膂力《りょりょく》は、かつての常人のそれを遥《はる》かに凌駕《りょうが》している。程度の差こそあれど、どれもかなりの高度まで投擲されているはずだった。

とはいえ無論、それらは來栖の〈世界〉で不可視化された爆弾である。シノの目に映るのは、どこまでも広がる青い空のみだった。唯一《ゆいいつ》認識できたのは、視界の端《はし》に見えた、柘榴がかき集めたと思しき爆弾入りボストンバッグくらいのものである。

出会ったときから思っていたが、改めて確信する。隠谷來栖。彼《か》の者の〈世界〉は、柘榴や銀呼以上に、シノの天敵とさえ呼べるものだった。

「し、紫乃宮さん……！」

青生が、焦燥に満ちた声を発してくる。

シノはその返答に代えるように、視線を鋭く、姿勢を低くした。

次いで出力兵装の柄《つか》に手を掛《か》け、抜刀《ばっとう》の構えを取る。

確かに、対象物は視覚で感知することができない。

だが。

「――全て斬れば、問題ない」

シノは短くそう言うと、顔を上方に向けて身体をぐるんと回転させ、眼窩《がんか》の中で眼球をぐるりと巡らせ、防衛都市神奈川の上に広がる空を『見た』。

刀を鞘《さや》から引き抜き、刃《やいば》を閃《ひらめ》かせる。

ただそれだけの、演舞《えんぶ》にも似た挙動。

しかし、シノがその動作をするとき、それは別の意味を持った。

シノの剣閃《けんせん》。ただ一撃《いちげき》のそれが、シノが視界に捉《とら》えた全ての景色に、全く同時に炸裂《さくれつ》する。

そう。確かに爆弾は見えない。

だが、それは確かにそこに存在する。

ならば、それが存在する空間全《すべ》てに、網《あみ》の目のように隙間なく斬撃を放てばいいだけの話だった。

瞬間──

カッ、という光と、凄《すさ》まじい轟音《ごうおん》が、防衛都市神奈川の空を埋《う》め尽《つ》くした。

「き、きゃぁあっ！」

「うわ……っ」

青生と銀呼の声が、鼓膜《こまく》を震《ふる》わせる。

シノは、眼下に広がる都市に被害《ひがい》が出ていないことを確認《かくにん》してから、刀を鞘に収めた。

◇

「うふふ……」

両手を手錠《てじょう》で縛《いまし》められ視界を奪《うば》われ、悔《くや》しげに顔を歪《ゆが》める舞姫を、來栖は恍惚《こうこつ》とした表情を浮《う》かべながら見つめていた。

二人がいるのは、神奈川に潜入《せんにゅう》していた生徒が借りた寮《りょう》の一室である。舞姫の両脇《りょうわき》には東京の生徒が控《ひか》え、油断なく杖《つえ》型の出力兵装を構えていた。

とはいえ、舞姫に彼らの姿は見えていまい。今彼女の目に映っているのは、この世界で來栖ただ一人のはずだった。

認識操作を可能とする來栖の〈世界〉。その力は、物質を人に認識できなくすることのみならず、手を触《ふ》れた人間に、外部情報を認識できなくすることも可能だったのである。

無論、舞姫と來栖、そしてその他の生徒からは、嗅覚《きゅうかく》で感じ取れるであろう情報を全《すべ》て覆《おお》い隠《かく》している。さすがの銀呼も、この場所を見つけることはできないだろう。

あとは、神奈川がピンチになるのを見計らって東京が援軍《えんぐん》に駆《か》けつけるのを待ち、その東京勢の帰還《きかん》に紛《まぎ》れて逃《に》げ延びればいい。計画は九割方完了《かんりょう》したも同然だった。

「ごめんなさいねぇ、本当ならもっと優雅《ゆうが》にいきたいところなんだけど、銀ちゃんのお鼻が怖《こわ》いものだから」

來栖はくすくすと笑いながら言った。まあもっとも、もしここが薄暗《うすぐら》い室内ではなく小《こ》洒落《じゃれ》たオープンカフェであろうと、今の舞姫が見られる景色は変わらなかったろうけれど。

「…………」

舞姫が、苛立《いらだ》たしげに表情を険しくする。その様を見て、來栖は嗜虐心がくすぐられるのを感じた。

「やぁん、そんなに怖い顔しないでよぉ。可愛《かわい》いお顔が台無しよ？　こんなことになっちゃったけど、私が姫《ひめ》ちゃん大好きなのは本当なんだからぁ」

舞姫を失脚《しっきゃく》させるために神奈川に潜入《せんにゅう》し、彼女の側近にまで上り詰めた來栖ではある。〈世界〉を用いての監視《かんし》も、他《ほか》の四天王に紛れて舞姫の様子を窺《うかが》うことが最大の目的であ

った。が——舞姫のことを気に入っているという言葉に嘘《うそ》はなかった。

天河舞姫は本物だ。彼女ほどの力と求心力を兼《か》ね備えた人間はそういないだろう。四天王をはじめとした神奈川の生徒たちが彼女に心酔《しんすい》する理由も、長きに亘《わた》る監視生活の中で理解できていた。

だが。いや、だからこそ——今、來栖の胸の裡《うち》には言いようのない愉悦《ゆえつ》が渦巻《うずま》いているのかもしれなかった。

そんな都市のシンボルを、來栖に比肩《ひけん》する力を持った四天王が焦《こ》がれた少女を、指一つ使わず意のままにできる。その状況《じょうきょう》が、來栖に歪んだ快楽を覚えさせていた。

「私も、この任務が終わったら早期卒業で内地入りすることになってるの。もちろん、都市首席公認の特等待遇《たいぐう》付きでね。うふふ、中でも仲良くしましょうよ、姫ちゃん」

「……うるさい。恥《はじ》を知れッ」

來栖が舞姫の頰《ほお》を撫《な》でながら言うと、舞姫が吐き捨てるように返した。

來栖はさらに笑《え》みを濃《こ》くし、背筋をぞくぞくと震わせた。そんな來栖の反応を見てか、東京の生徒たちが辟易《へきえき》するように目を逸《そ》らす。

「駄目《だめ》よぉ、そんなこと言っちゃ。私が〈世界〉再現を解かない限り、姫ちゃんは私以外何も見えないし、私以外の声も聞こえないのよぉ？　もちろん、青ちゃんの念話だってね。

うふふ、もし私の機嫌《きげん》を損ねたら、ずっとひとりぼっちよ？　何も感じ取れない空間で、姫ちゃんの心はいつまで正常な状態を保っていられるかしら？　知ってる？　心が死ぬ過程ってね、身体が死んじゃうより辛《つら》くて苦しいのよ？　試《ため》しに殺してあげましょうか？」

來栖は舞姫のあごに手をかけ、クイと持ち上げながら、鼓膜に纏《まと》わり付くような甘ったるい声を発した。

「だからぁ……言ってよ。私は來栖さんのものです……って。純粋《じゅんすい》で高潔で可憐《かれん》な姫ちゃんが絶対に言っちゃいけないような、下劣《げれつ》で淫猥《いんわい》で最悪な言葉で、私に服従を誓《ちか》ってよ。――でないと、わかるわよねぇ？」

來栖の言葉に、舞姫は嫌悪《けんお》と軽蔑《けいべつ》を浮かべながら、唇《くちびる》を動かした。

「……舐《な》めるな、下衆《げす》が。私を殺す？　天河舞姫が貴様程度に殺されてやると思ったか」

「ふうん……じゃあ、そうしようかしら」

來栖は心底楽しそうに唇を歪めると、人差し指を舞姫の額に近づけていった。

が、その瞬間。

寮の上方――空の方から、凄まじい爆発《ばくはつ》音が響《ひび》いてきた。

「な……！」

來栖は息を詰《つ》まらせた。次の瞬間、激しい頭痛が襲《おそ》いかかってくる。

「く——!?」

頭の中をスプーンでかき混ぜられるような痛みの中、來栖はどうにか事態を把握《はあく》した。

恐《おそ》らく、來栖が視覚誤認処理を施《ほどこ》していた爆弾が、一気に爆発させられたのだ。

〈世界〉再現中の物質が急に破壊《はかい》されたことにより、脳にフィードバックが起こる。一時的に集中が途切《とぎ》れ、再現していた〈世界〉が薄《うす》れてしまう。

そして、〈世界〉が消えるということは——

「………!」

舞姫がハッとした様子で顔を上げ、周囲の様子を見回したのち、部屋の外で何かが起こっていることに気づいたような表情を作る。

「ひ——ッ」

來栖は、顔面を蒼白《そうはく》に染めた。

一瞬にして、今何が起こっているのかを察してしまったのである。

そして、舞姫から手を離《はな》して後方へと飛び退《の》き、のどを震わせて悲鳴じみた声を上げる。

「み、みんな！　この子を——」

しかし、遅《おそ》い。

「——ふんっ！」

今の今まで大人しくしていた舞姫が、両手をブンと開く。すると彼女の手首を縛めていた金属製の手錠が、飴細工《あめざいく》のようにパキンと音を立てて砕《くだ》け散った。両手を繋《つな》ぎ止めていた鎖《くさり》部分が勢いよく弾《はじ》け、来栖の頬を掠《かす》めて部屋の壁《かべ》に当たる。

「く……！」

一拍遅《いっぱくおく》れて、周りの生徒たちがようやく反応を示した。拘束《こうそく》から逃《のが》れた舞姫を取り押さえようと、一斉《いっせい》に出力兵装を構える。

しかし、それは今考え得《う》る中でも最悪の悪手《あくしゅ》だった。

「とりゃあっ！」

舞姫が素手《すで》のまま、手当たり次第《しだい》に辺りを殴《なぐ》り回る。

動き自体は、子供とさほど変わらない。欲《ほ》しいものを買ってもらえずに手をブンブン回し地団駄《じだんだ》を踏《ふ》む駄々っ子のそれだ。

だが——それをするのが、神奈川第一位・天河舞姫であるとなれば話は別だった。

「ぐは……ッ！」

「あふっ——」

「のおっ!?」

舞姫を取り押さえようとしていた生徒たちが、或《ある》いは肋《あばら》を折られ或いはあごを砕かれ、次々と一撃の下《もと》に沈《しず》んでいく。

否《いな》、それだけではない。吹《ふ》き飛ばされた生徒の一人が、部屋の窓ガラスを突《つ》き破り、外へと落ちていった。

暗かった部屋に外の光が差し込み、部屋の中央に悠然《ゆうぜん》と佇《たたず》む少女の姿を照らす。

「ひ……」

その姿を目にし、來栖は畏怖《いふ》にも似た感情を覚えた。

だが、すぐにそれを取り払《はら》うように首を振《ふ》り、思考を巡《めぐ》らす。

拘束は破られてしまった。舞姫を東京まで連れていくことは難しいだろう。ついでに、爆弾《ばくだん》は全て処理されてしまった。しかし、舞姫ならばまだ口八丁で騙《だま》すことが——

が。來栖がそこまで考えたところで、その思考を断《た》ち切るかのように、首に鋭《するど》い刃が突きつけられた。

——命を刈《か》り取るかのような、死神の大鎌《おおがま》が。

「……やってくれましたね來栖さん死ぬか惨《むご》たらしく死ぬか選ばせてあげます」

背後から、いつの間にかそこに現れていた柘榴の声が聞こえてくる。

來栖は、降参するように両手を上げた。

シノが都市内の爆弾を纏めて処理してから、時間にして僅《わず》か二分。

銀呼の嗅《か》ぎ当てた位置から、柘榴が帰還した。――さらわれていた舞姫を、しっかと抱《だ》きかかえるようにしながら。

「姫殿《どの》！」

「天河さん！」

銀呼と青生が声を上げ、二人を出迎《でむか》える。銀呼に至っては、半ば泣きそうな顔をしていた。

「ごめん……心配かけたね、みんな」

「そんな！　姫殿が謝ることなんてないさ！」

「そうですよ！　あ――音無さん、隠谷さんは？」

青生が思い出したように柘榴の方に目をやり、尋《たず》ねる。柘榴はその視線から逃れるようにサッと顔を逸らした。

「……ぶっ殺そうかと思いましたが姫さんが止めるのでとりあえずふん縛《じば》って営倉にぶっ込んでおきました細かい処分はあとにしましょうそれより――」

柘榴が言葉を止めたかと思うと、次の瞬間《しゅんかん》、その姿が掻《か》き消えた。

そして数十秒後、右手に巨大《きょだい》な剣《けん》型の出力兵装、左手に鞄《かばん》を抱《かか》えて戻《もど》ってくる。

そう。舞姫の武器と、制服を詰め込んでいた鞄である。

「今は先にすべきことがあります」

そう言って栢榴が顔を上げ、海の方を見やる。

「うん……そうだね。ありがとう、栢榴ちゃん」

舞姫はそう言うと、鞄を開け、外套《がいとう》をバサッと翻《ひるがえ》して肩《かた》に羽織った。そしてその小柄《こがら》な身体《からだ》に対してあまりに巨大な剣の柄《つか》を握《にぎ》る。

すると、髪《かみ》の伸《の》びた銀呼と、いつの間にか手に大鎌を携《たずさ》えた栢榴が、小さくうなずいてから海の方に目を向けた。

「――じゃあ、僕たちは一足早く行ってるよ」

「……さすがに部隊が敵とかち合ったとき隊長がいませんでしたじゃ格好が付きません」

「うん、お願い。私もすぐに行くよ」

舞姫がそう言うと、銀呼と栢榴はもう一度うなずいた。そして去り際《ぎわ》、シノに声を投げてくる。

「不本意だけど、姫殿を頼《たの》むよ、シノ」

「……ええ極《きわ》めて不本意《ふほんい》ですがあなたの腕《うで》だけは評価していますくれぐれも姫さんに怪我《けが》

など負わせないよう」

「……おい、おまえたち」

シノが半眼で言うも、二人は聞いていなかった。銀呼が獣《けもの》のように跳躍《ちょうやく》し、栢榴が前線にマークしてあるであろうポイントに向かって移動する。

それを見送ってから、舞姫がおどけるような口調で笑ってくる。

「たのみます、シノ」

「………」

シノは渋面《じゅうめん》を作ってから、はあとため息を吐《つ》いた。事情を知らないとはいえ、自分を殺しに来た相手に頼むようなことではないだろう。

しかし舞姫は気にした様子もなく、今度は青生の方に視線をやった。

「青ちゃん。いいかな」

「はい、もちろんです」

舞姫の声に応《こた》え、青生が手を差し伸べる。

舞姫はその手を握ると、すうっと息を吸った。そして。

「――我が勇猛《ゆうもう》なる剣の都市の戦士たちよ！」

舞姫が叫《さけ》ぶと、耳と脳内、二方向からその声が響いてきた。

それは生徒たちにも伝わっていたのだろう。都市内から、そして海岸の第二陣《じん》、海に設営された迎撃《げいげき》ポイントにいる最前線から、生徒たちがそれに応ずるように声を上げてくる。

「我らが都市は今、危機に瀕《ひん》している。眼前には数多《あまた》の敵。我らが背後に道はなく、我らが背を向けた瞬間に、逃《に》げるべき場所は悪逆共に侵《おか》される。一歩たりとも退《ひ》くことは許されない。なんとも劣悪《れつあく》な狂気《きょうき》の戦《いくさ》だ」

低いトーンで言ったのち、舞姫はニッと唇を歪《ゆが》めた。

「——どうだ、最高に楽しいだろう？」

その声に、生徒たちが沸《わ》き立つ。

「よろしい！　ならば海原《うなばら》を侵す者たちに思い知らせろ！

我らの名を！

我らの力を！

我らの——意志をッ！」

『おおおおおおおおおおおおおおおおおおおおおおおおおおおおおおおおおおおおッ！』

舞姫の口上に応え、生徒たちの声が空気をビリビリと震《ふる》わせる。さすがは舞姫。大型〈アンノウン〉の襲来《しゅうらい》と爆弾騒《ばくだんさわ》ぎで動揺《どうよう》した生徒たちを、一瞬で戦士に引き戻した。

舞姫は満足げにうなずくと、海を割る巨大な敵を見据《みす》えて身を低くした。

「──私たちも行くよ、シノ。付いてこれる？」

「戯《ざ》れるな。……ふん、いいだろう。特別に付き合ってやる」

シノが小さく鼻を鳴らすと、舞姫はニッと唇の端を上げた。

「よろしい。──じゃあ、今日も世界を救おっか」

二人は、学舎の屋上から戦場に向かって跳躍した。


旧横浜沖《よこはまおき》。時刻にして、一四時四〇分。

人と、人ならざるものの戦いが幕を開けた。

シノの視界の先で、先陣《せんじん》を切った中型種、クラーケン級が、迎撃ポイントに定められた海域に足を踏み入れる。

その体長、およそ二〇メートル。大きさとしてはクルーザー程度に相当するだろう。

その背には、何やらボコボコとした歪《いびつ》な瘤《こぶ》状の隆起《りゅうき》がいくつもあったのだが──次の瞬間、その瘤が蠢動《しゅんどう》したかと思うと、クラーケン級の背中から瘤が射出され、それが形を変えて、歪な人型の〈アンノウン〉に変貌《へんぼう》した。

クラーケン級のフォルム自体は他《ほか》の〈アンノウン〉と変わらぬ、生物とも無機物とも取れないものだった。だが、もしかしたらそれは彼らを生む母体のようなものなのかもしれなかったし、もしくは彼らにとっての軍馬のようなものなのかもしれなかった。

〈アンノウン〉先遣隊《せんけんたい》、クラーケン級一〇、オーガ級およそ四〇〇を迎《むか》え撃《う》つは、銀呼と柘榴の部隊を中心とした湾岸《わんがん》防衛隊およそ二〇〇。

数だけで言えば多勢に無勢。だが生徒たちには、従来の人間には見えないものが見えていた。——〈世界〉。異形に対するただ一つの手段。

最前線に張っていた銀呼と柘榴の部隊が、攻撃《こうげき》を開始する。出力兵装に命気《オーラ》を巡らせ、海上に浮上《ふじょう》したブロックを伝い、或いは水面《みなも》の上を走り、クラーケン級の横腹に突撃《とつげき》していく。

だが、〈アンノウン〉も黙《だま》ってやられてはいなかった。クラーケン級から触手《しょくしゅ》のようなものが幾《いく》つも伸びたかと思うと、その先端《せんたん》が大きく広がり、群がる生徒たちを叩《たた》き潰《つぶ》すかのように海面を打ち付け始めたのである。

さらに、その背から幾体もの人型〈アンノウン〉が散開し、生徒たちと白兵戦を繰《く》り広げ始める。

一瞬《いっしゅん》にして、穏《おだ》やかな海は戦場と化した。

生徒たちが再現した各々《おのおの》の〈世界〉が海を照らし、〈アンノウン〉たちの放つ不思議な弾丸《だんがん》のようなものが、轟音《ごうおん》とともに荒《あ》れ狂《くる》う。

「――ねえ、シノ」

と、海岸に陣取《じんど》った第二陣の生徒たちの脇《わき》を抜《ぬ》け、海に数多《あまた》浮上したブロックに足を踏み入れたところで、舞姫が話しかけてきた。

「なんだ」

「そういえば言えてなかったと思って。――ありがとう。柘榴ちゃんに聞いたよ。シノも、私を助けるのに協力してくれたんでしょ？」

「成り行きだ」

シノはそう言いながら、敵を見据え、刀を抜いた。瞬間、遥《はる》か前方で体勢を崩《くず》した生徒に襲《おそ》いかかろうとしていた人型〈アンノウン〉の首が宙を舞《ま》う。

するとそこで、頭の中に海岸線から沖《おき》までの海の様子と、敵、味方の分布図が浮《う》かんできた。――司令室に戻った青生が、前線の生徒たちに戦場の状況《じょうきょう》を共有したのだろう。

「どう？　私の都市は」

「……ふん、悪くないな。前線部隊の奮迅《ふんじん》ぶりもさることながら、やはり八重垣の情報共有が大きい。強いぞ、この都市は」

シノ自身も先ほど体験した青生の〈世界〉。一体何人まで同時に脳内映像を共有できるのかは知らなかったが、各部隊長が司令室から見るそれと同じ映像を認識《にんしき》できるというだけでも、集団戦においてはこの上ないアドバンテージとなるだろう。

そしてそれを最大限に活用しているのが、銀呼と柘榴である。銀呼は獣のような身のこなしで、柘榴は高速移動能力で、〈アンノウン〉を翻弄《ほんろう》し続けている。敵としてはさぞやりづらいことだろう。

「でしょ？　みんな――私の自慢《じまん》の仲間たちだよ」

「ああ。だが――」

舞姫の声に応えながら、シノは視線を沖に向けた。

前線部隊同士の戦いは問題ない。このまま続けていけば、いずれ退けられるだろう。

だが問題は、その後ろに控《ひか》えているトリトン級だった。

全長はクラーケン級を遥かに超《こ》える一〇〇メートル以上。駆逐艦《くちくかん》を思わせる巨大な胴体《どうたい》の上に、やはり人型の〈アンノウン〉の種となるであろう鱗《うろこ》のようなものが、びっしりと生えていた。

大型種の〈アンノウン〉は、中型種までとは頑強《がんきょう》さが段違《だんち》がいである。これぱかりは、如《い》何《か》に効率的な用兵をしようと倒《たお》せるとは限らなかった。

やはりこの戦いの行方《ゆくえ》は、沖のトリトン級をどう対処するかに懸《か》かっている。

だからこそ――シノは、舞姫とともにここまでやってきたのだ。

「あれだけ大きな口を叩いたんだ。いけるだろうな、天河」

「もちろん！」

「ならば、好きに暴れろ。おまえにそれ以上のことは求めていない。あとは――私が合わせてやる」

「――うんっ！」

舞姫がうなずくと同時――シノは眼球を縦横無尽《じゅうおうむじん》に巡《めぐ》らせると、前方を埋《う》める数多の人型アンノウンを視線で舐めた、、、。

「ふ――ッ」

そして身体中に命気《オーラ》を巡らせ、出力兵装を閃《ひらめ》かせる。するとその一撃《いちげき》は一〇〇の斬撃となって、シノの視界にいた異形たちを撫《な》で切りにした。

押し通ることなど不可能と思われた混戦の中に、空白地帯が形成される。

舞姫はその隙《すき》を逃《のが》さず、その小さな身体を空白地帯に滑《すべ》り込ませた。シノもそれに続いて、ブロックと〈アンノウン〉の残骸《ざんがい》を足場に海を渡《わた》っていく。

間もなく二人は、前線部隊同士が戦っている海域を抜け、敵の大将であろうトリトン級がいる場所にまで至った。

前方に蠢《うごめ》く敵の数は、目算では最早《もはや》数え切れない。

対して、この海域まで至ったのは、シノと舞姫の二人きり。

だが——不思議とシノに恐怖《きょうふ》はなかった。

己の力ならば。そして、隣《となり》に舞姫がいれば。

勝てぬ敵など、この世にないとさえ思えたのである。

「……っ」

頭を掠《かす》めたそんな考えに、シノは渋面を作った。これはあくまで成り行きであり、天河舞姫は倒すべき敵なのだ。

それは理解しているつもりなのだが、彼女と会話をしていると、どうも不思議な心地《ここち》よさを覚え、気づかぬうちに敵意と殺意を抜かれてしまう気がするのだった。

「……ち」

「シノ！」

どうやらそれを思っていたのは、シノだけではなかったらしい。舞姫が、ニッと笑ってから足場のブロックを蹴《け》り、トリトン級に猛進《もうしん》していった。

無論、それを敵が黙って見ているはずはない。無数の人型〈アンノウン〉が躍《おど》り出、舞姫の進路を塞《ふさ》いでくる。

「――控えろ、異形。貴様等にその女の道を塞ぐ資格があるか？」

シノはぎろりと眼球を巡らせながら言うと、再び渾身《こんしん》の力を込《こ》めて出力兵装を振《ふ》るった。

剣閃《けんせん》が煌《きら》めき、舞姫の進路に立ち塞がったオーガ級、そしてその奥に聳《そび》えたトリトン級の体表に、斬撃が走る。

幾体もの人型が虚空《こくう》に散り、その亡骸《なきがら》が海面に落ちていく。だが、トリトン級は、その体表に僅《わず》かな傷を作ったのみで、さしたるダメージを受けていない様子だった。

如何に視線の先に斬撃を届ける〈空喰《うつはみ》〉といえど、シノの剣撃以上の威力《いりょく》を出すことは不可能である。この頑強さこそが、小型と大型を隔《へだ》てる最大の差であった。

しかし、刀身を通して感じた手応《てごた》えから、察する。

確かに、冗談《じょうだん》のような装甲《そうこう》である。こんなものが攻《せ》めてくるなど、まさに悪夢としか言いようがなかった。

だが、シノには、この鋼《はがね》の如《ごと》き怪物《かいぶつ》の体表を切り裂《さ》くことができる人間に、心当たりがあった。

「でやぁぁぁぁぁぁぁぁぁぁぁっ！」

シノの援護《えんご》で道を得た舞姫が、裂帛《れっぱく》の気合いとともに大剣を振るう。

すると、堅牢《けんろう》な鎧《よろい》の如きトリトン級の外殻《がいかく》が、舞姫の太刀筋《たちすじ》に合わせて切り裂かれた。

しかし、敵は大型種。その一撃で決着がつくほど甘くはなかった。すぐに舞姫に向かって無数の触手を伸《の》ばし、攻撃を加えてくる。

「はっ！」

シノはそれを正確に視線で捉《とら》えると、恐《おそ》らく舞姫が飛び退《の》くであろう方向に位置する触手を切り裂いた。

次の瞬間《しゅんかん》、シノの予想通りのルートを通って、舞姫がトリトン級の側《そば》から離脱《りだつ》する。

舞姫が打ち、シノがそれをサポートする。それを幾度《いくど》か続け、巨大《きょだい》なトリトン級の身体《からだ》に、少しずつではあるが確実にダメージを与《あた》えていく。

無論、シノと舞姫は、一度剣こそ交えたものの、ともに戦ったことなどはない。共闘《きょうとう》するのはこれが初めてである。青生のもたらしてくれる情報はあれど、連携《れんけい》そのものは即席《そくせき》もいいところだ。普通《ふつう》に考えれば、そんな戦闘《せんとう》が上手《うま》くいくはずがない。

だが、二人の呼吸は不思議なほどぴったりと合致《がっち》していた。それこそ、生き別れの双子《ふたご》か、一〇年来の友人でもあるかのように。

「すごいよ、シノ！　私、こんなの初めて！」

幾度目かの斬撃をトリトン級に見舞《みま》ったのち、舞姫が弾《はず》んだ声を響《ひび》かせた。

「当然だ」

——私が一体、どれだけおまえを観察していたと思っている。

シノは、心の中でだけそう言った。

そう。シノは神奈川に来てから今まで、舞姫を観察し、調べ尽《つ》くしていた。昼夜を問わず舞姫のことを考え、夢の中にさえ出てきたほどに。

今シノは、舞姫が次にどのような動きをするのかが、手に取るようにわかっていたのである。

「いくよ、シノ！」

「——ああ」

舞姫が海に浮上したブロックを蹴り、トリトン級に斬撃を見舞う。

舞姫が切り裂いた体表の内側から、金属と有機物が複雑に交じったような器官が覗《のぞ》き、トリトン級が悲鳴じみた轟声《ごうせい》を上げた。

しかし——それと同時。

トリトン級の傷跡《きずあと》から突然《とつぜん》ガスのようなものが噴《ふ》き出し、舞姫を襲った。

「きゃぁあっ⁉」

咄嗟《とっさ》のことに避《さ》けることができなかったのだろう。舞姫が悲鳴を上げて顔を覆《おお》い、そのまま下方へと落下していく。

「！　天河！」

シノは息を詰《つ》まらせ、足場を蹴って舞姫の方へと疾走《しっそう》した。途中《とちゅう》、人型の〈アンノウン〉が行く手を塞いでくるが、その悉《ことごと》くを片手で屠《ほふ》っていく。

が――それだけではない。運良くブロックの上に落ちた舞姫に追撃《ついげき》を加えるように、トリトン級が、外殻に覆われた巨大な腕《うで》を伸ばしてきたのである。

「く――！」

シノは思わず眉根《まゆね》を寄せた。シノの膂力《りょりょく》では、外殻に覆われたトリトン級の腕を切り裂くことはできない。だが――

シノが逡巡《しゅんじゅん》している間にも、トリトン級の巨大な手は舞姫に伸びていた。当の舞姫は目をやられたのか、未《いま》だそのことに気づいていないようだった。

「くそ……ッ」

シノは吐《は》き捨てるように言うと、刀を鞘《さや》に収め、グッと足場を蹴ってトリトン級に向かって跳躍《ちょうやく》した。

――これだけは、使うつもりはなかった。シノの持つ秘中の秘。天河舞姫をも殺し切るであろう、最後の技《わざ》である。

冷静に考えればおかしな話である。シノは動く必要すらなかったはずなのだ。今トリトン級の攻撃《こうげき》を見逃《みのが》せば、シノに疑いがかかることもなく舞姫を戦死させることもできたかもしれない。

だがなぜだろうか、舞姫の窮地《きゅうち》を目にした瞬間、半ば身体が勝手に動いていた。

視線を介《かい》して敵を斬《き》り裂くシノが、巨大な〈アンノウン〉に肉薄《にくはく》する。

そして。

「――三の太刀・〈千重《ちがさね》〉」

シノは小さく呟《つぶや》くと、腰《こし》の鞘から抜刀《ばっとう》し、トリトン級の体表に直接斬撃を当てた。

無論、そんなことをしたからといって、一撃の威力が上がるわけではない。直接当てようが視線を介そうが、シノの一撃はシノの一撃である。それには、敵の外殻に僅かな傷をつける程度の力しかないはずだった。

――それが、一撃であれば。

「はぁぁぁッ！」

シノの刀に、視界を介したシノの剣閃が、重なる。

一撃では小さな傷しかつけられない斬撃。しかし、それがまったく同じ位置に、一〇度、一〇〇度、一〇〇〇度加えられるのであれば、話は別だった。

対象を両断するまで〈空喰《うつはみ》〉を重ねる、防御《ぼうぎょ》不能の斬撃。

この世界に、断《た》てぬものなど存在しなかった。

トリトン級の強固な外殻が、一瞬《いっしゅん》にして削り斬られる。

腕の付け根——艦で言えば艦首《かんしゅ》に当たる部分が綺麗《きれい》に切り裂かれ、その巨大な身体が二つに断ち分かたれる。

それと同時、〈世界〉再現の負荷に耐《た》えきれなくなったシノの出力兵装が、粉々に砕《くだ》け散った。

「——く」

しかし、それは予想と覚悟《かくご》の上である。シノはその場に出力兵装の破片《はへん》を捨てると、足場の上で蹲《うずくま》った舞姫に向かって跳躍した。

そして舞姫の小さな身体を抱《かか》え上げ、後方に離脱する。

次の瞬間、シノが切り裂いたトリトン級の頭部が、舞姫が居た場所に崩《くず》れ落ち、凄《すさ》まじい水しぶきを上げた。

「天河！　大丈夫《だいじょうぶ》か！」

「ん……ごめん、シノ。ドジっちゃった」

言って、舞姫が力ない笑《え》みを浮《う》かべてみせる。身体に怪我《けが》らしい怪我はないようだったが、その代わり、ガスを受けたらしい両瞼《りょうまぶた》が赤く腫《は》れていた。これでは目を開くこともできないだろう。

【――――――――――――――――!!】

だが、それで終わりではなかった。

首を切断されたはずのトリトン級が、身体のどこからか絶叫《ぜっきょう》じみた声を上げ、暴れ始めたのである。

「な――」

シノは目を見開いた。如何《いか》にその生態が分かっていない〈アンノウン〉とはいえ、生物である以上、首を落とされてまで生命活動を続けられるとは思っていなかったのだ。

シノは出力兵装を失い、舞姫は両の目を潰《つぶ》された。まさに絶体絶命である。

しかし――まだ一つだけ、シノには方策が残されていた。

「……天河。まだ、出力兵装は振るえるな？」

「うん、大丈夫だよ。ただ……目が開かないんだ。正確に敵に当てられるかどうかは……」

「心配ない。目を貸してやる。――特別製のな」

「え？」

舞姫が戸惑《とまど》うように言う。シノは問題ない、と言うように肩《かた》を掴《つか》む手に力を込《こ》めた。

「安心しろ。おまえはただ、全力で剣を振るえばいい。そこからは、私の仕事だ。見えてさえいれば、当ててみせる」

シノは、前方——海に浮かぶ巨大な敵影《てきえい》を視界に収めながら言った。

そう。シノは、その目で捉えたものに、触《ふ》れることができる。

そしてそれは、己《おのれ》以外の手であろうと例外ではなかった。

「だから——ぶちかませ、天河」

「うん……！」

シノの言葉に、舞姫はうなずくと、大剣《たいけん》を両手で握《にぎ》り、その身に、刀身に、命気《オーラ》を巡《めぐ》らせ始めた。

するとその刀身にヒビが入り、パキパキと音を立てて分解していく。

一瞬、舞姫の剣もシノの刀と同じように、命気《オーラ》に耐えられず壊《こわ》れてしまったのかと思ったが——違《ちが》う。

バラバラになった刀身が、舞姫の濃密《のうみつ》な命気《オーラ》で繋《つな》ぎ止められ、さらに巨大な刃《は》を形作っていたのである。

同時、まるで激流のような命気《オーラ》の波が、シノの身体をも通り抜《ぬ》ける。

「…………ッ」

あまりに濃密な力の奔流《ほんりゅう》に、思わず意識が飛びそうになる。

だが、シノは手を離《はな》さなかった。目を逸《そ》らさなかった。

敵を見据《みす》えてさえいれば、舞姫が——一撃《いちげき》のもとにその異形を打ち倒《たお》してくれると信じていたから。

「——てやぁぁぁぁぁぁぁぁぁぁぁッ！」

裂帛《れっぱく》の気合いとともに、舞姫が剣を振《ふ》り下ろす。

瞬間——

シノの視界を通じて、前方に聳《そび》えた巨大な敵影——トリトン級〈アンノウン〉が、正確に縦に断《た》ち分かたれた。

◇

果たして、防衛都市神奈川は、大型〈アンノウン〉を含《ふく》む二個大隊規模の敵の撃退《げきたい》を、都市単独で行うことに成功した。

舞姫とシノがトリトン級を討《う》ち取ったという情報は、司令室の青生を通じて共有され、

生徒たちに凄まじい熱狂《ねっきょう》と歓喜《かんき》を巻き起こした。

もとよりトリトン級に頼《たよ》った布陣《ふじん》だったのだろう。それが落とされたと見るや、残ったクラーケン級やオーガ級は、くるりと回れ右をしてゲートの向こうへと消えていったのである。

「……やっほー」

「…………」

両目を腫らした舞姫が、シノにお姫様抱《ひめだ》っこをされるような格好で、都市内に帰還《きかん》する。

そこで二人を待ち構えていた生徒たちは、その姿に一瞬驚《おどろ》いたような様子を見せるも、すぐ英雄《えいゆう》の凱旋《がいせん》に沸《わ》き立った。

が、そんな群衆を飛び越《こ》えるようにして、前線で戦っていた銀呼と柘榴が現れる。

「な……っ！　シノ！　これはどういうことだい！　ああ姫殿《どの》、なんてかわいそうに！」

「……姫さんを傷つけないよう言ったはずでしたが」

狼狽《ろうばい》する二人に、舞姫が声を上げる。

「駄目《だめ》だよ二人とも。シノは私を助けてくれたんだから。ね、シノ？」

「……別に、成り行きだ」

「ふふ、ありがとうね、シノ」

「…………」

舞姫が、シノの首に手を回す。シノはまったくの無表情を貫《つらぬ》いていたが、それを見て、銀呼と栢榴が目をカッとひん剝《む》いた。

「なっ、なんて羨《うらや》ましい真似《まね》を……！」

「ずずるいですよシノさんちょっと代わってください」

「…………」

なんて、つい数十分前まで命がけの戦いをしていたとは思えない朗《ほが》らかな空気が、都市内を包む。

――だが。

そんな光景を遠くから見ながら、冷たい視線を送る者が一人、いた。

皆《みな》が笑顔になる中、一人氷のような表情で、シノの手の中に抱《だ》かれた舞姫を睨《ね》め付ける。

「……駄目じゃない、シノ。せっかくのチャンスだったのに」

そして、誰《だれ》にも聞こえないくらいの声音《こわね》で、言葉をこぼす。

「でも、ちゃんと死んでもらうからね。――――ヒメ」

凜堂ほたるはそう言うと、静かにその場から去っていった。

終章　来訪者《ビジター》

「──諸君！　諸君等の奮起によって、今日もまたこの国は護《まも》られた！　諸君等はこの国の誇《ほこ》りであり、誉《ほま》れだ！　明日《あす》また戦う力を蓄《たくわ》えるため──今はただ、勝利の美酒に酔《よ》いしれるがいいッ！」

『おおおおおおおおおおおおおおおおおおおおおおおおおおッ！』

舞姫《まいひめ》が高らかに声を上げ、手にしたグラスを勢いよく掲《かか》げると、生徒たちが、地を震《ふる》わす大音声《だいおんじょう》を響《ひび》かせた。

大規模な湾岸《わんがん》防衛戦のあと。神奈川《かながわ》内の大ホールには学園の生徒たちが集まり、祝勝会を催《もよお》していたのである。

無論、次にいつ〈アンノウン〉が侵攻《しんこう》してくるかはわからないため、警戒《けいかい》は怠《おこた》っていないが──騒《さわ》ぐときは騒ぐのも、この歪《いびつ》な都市生活を続ける秘訣《ひけつ》であった。実際、羽目を外さなければ、管理局からこれといって注意が下りてくることもない。

「…………」

シノは壇上《だんじょう》で声を張り上げる舞姫を見ながら、手にしたグラスを口に触れさせた。爽《さわ》やかな果実の酸味が、口腔《こうこう》いっぱいに広がる。

千葉《ちば》で製造されたというジュースだ。そのクオリティは、ここ数年で段違いに上がっていた。

本当ならばこういう場では酒を呷《あお》るものなのだろうが、悲しいかな、まだシノたちは未成年なのである。運転免許《めんきょ》やその他の制度など、様々なことに特例を設けてくれる管理局でも、酒や煙草《たばこ》など、シノたちの身体《からだ》に悪影響《あくえいきょう》を及《およ》ぼすと思われるものには妙《みょう》に厳しいのであった。……まあ実際は、内地から横流しされたアルコール類や、千葉で収穫された果実や穀物を醸造《じょうぞう》した密造酒が出回っているともっぱらの噂《うわさ》ではあったけれど。

「いい気なものね。自分の側近がスパイで、そのせいで窮地《きゅうち》に陥《おちい》ってたっていうのに」

シノの隣《となり》でグラスを傾《かたむ》けていたほたるが、壇上の舞姫を見ながら唇《くちびる》を尖《とが》らせる。普段《ふだん》温厚なほたるにしては珍《めずら》しい言い方である。シノはグラスの中に噂の闇酒《やみざけ》でも入ってはしないだろうかと訝《いぶか》しみながらそれに返した。

「どう思っているかとどう行動するかは別の話だ。今この中でもっとも傷ついているのは天河《てんかわ》だろうさ。だが、勝利に沸いている生徒たちに水を差す必要はないし、不安がらせることもない。リーダーとしては至極《しごく》真っ当な判断だろう」

「ふうん……」

ほたるが、半眼を作ってくる。

「随分《ずいぶん》、あの子の肩を持つんだね」

「戯《ざ》れるな。それより──」

シノはほたるの視線を視線で迎《むか》え撃《う》って、言葉を続けた。

──戦いが始まる前から、聞かねばならないと思っていたことを。

「ほたる。一つ聞いておきたい」

「ん、なに?」

「──おまえは、天河舞姫のことを知っていたのか?」

シノの言葉に、ほたるはぴくりと眉《まゆ》の端《はし》を揺《ゆ》らした。

「……そりゃあ、知ってたよ。一応相手は都市首席だし──」

「そういうことではない。面識があった──さらに言うなら、コールドスリープ施設《しせつ》に入る前、友人同士であったりはしなかったか?」

「…………」

シノが言うと、ほたるはこくんとのどを鳴らしてから、あははと笑ってきた。

「ええ? 何それ。知らないわよ。どうしたの、急に」

「……いや」

シノは言葉を濁《にご》すと、もう一度グラスを呷った。

ほたるは、そんなシノの思考に気づいているのかいないのか、小さく肩《かた》をすくめた。

「変なシノ。あ、それより、せっかくいろいろ料理も出てるし、食べておこうよ。私、ちょっと見てくるね」

「ああ」

シノは短く答えると、ほたるの背を見送った。

そして、細く息を吐《は》く。

――舞姫ほど注意をして見ているわけではなかったが、長らく一緒に仕事をしているほたるを観察する機会は膨大《ぼうだい》にあった。

そんな彼女の仕草から、不自然な点……嘘《うそ》を吐《つ》いているような気配を感じ取ってしまったのである。

恐《おそ》らく……ほたるが天河舞姫のことを以前から知っていたことに間違いはない。

だが、ならばなぜ嘘を吐くのだろうか。友人であることが知られると任務に支障を来《きた》すため？　しかしだとしても――

「――ああシノ、こんなところにいたのかい」

と、シノが考えを巡《めぐ》らせていると、背後からそんな声がかけられた。

見やるとそこに、銀呼《ぎんこ》、柘榴《ざくろ》、青生《あおい》の三人が立っていることがわかる。

「お疲《つか》れ様《さま》」

銀呼の声に合わせるように、三人が手にしていたグラスを小さく上げてくる。それに応ずるように、シノもまた同じような動作を返した。

「お世話になったね。——正直なところ、君がいなければ姫殿も神奈川も、どうなっていたかわからない。改めて感謝を」

「……認めるかどうかはまた別の話ですがあの件に関してだけはほんの少し見直しておいてあげます」

「あはは……音無《おとなし》さんたらまたそんな」

三人が口々に言ってくる。

シノはそちらに向き直ると、小さく口を開いた。

「——その件だが、まだ一つ、わからないことがある」

「え？」

「わからないこと……ですか？」

「ああ」

シノは首肯《しゆこう》すると、あとを続けた。

「結果的に失敗に終わったものの、隠谷來栖《なばりやくりす》の作戦は、決して悪くなかった。長らく側近として情報を仕入れ、都市中に爆弾《ばくだん》を仕込《しこ》み、〈アンノウン〉の登場という偶発《ぐうはつ》的な要素も取り入れ、この上ないタイミングで天河をさらってみせた。――実際、あのままであれば私も隠谷の行動に気づきすらしていなかっただろう」

だが、と微《かす》かに眉根《まゆね》を寄せる。

「ある一つのイレギュラーが、それを阻《はば》んだ。私には、その理由が未《いま》だにわからない」

「イレギュラー？」

「……何をもったいぶっているんですか早く言ってください」

銀呼と柘榴が急《せ》かすように言ってくる。シノは、視線を青生の方に動かした。それに気づいてか、青生が肩をピクリと揺らす。

「――八重垣《やえがき》。私たちに、天河がさらわれたことを、隠谷がその首謀者《しゆぼうしや》であることを教えたのはおまえだったな。――だが、そもそもなぜ、そんなことがわかったんだ？」

「あ――」

「……言われてみれば確かに」

銀呼と柘榴が目を見開く。

そう。わからないのはそれだった。あとで聞いたところによると、舞姫の端末《たんまつ》は來栖に壊《こわ》されていたらしい。しかもあれだけ周到《しゅうとう》な來栖のことだ。目撃者《もくげきしゃ》にも気を遣《つか》っていたに違《ちが》いない。いや、仮に目撃者がいたとしても、あんなにも迅速《じんそく》に青生のもとに情報が飛び、尚且《なおか》つ青生がそれの裏を取れたとは考えづらかった。

「…………え、ええと……」

シノと銀呼と柘榴（のパンダ）の視線を浴びた青生は、顔中にだらだらと脂汗《あぶらあせ》を滲《にじ》ませていたが、やがて観念したように息を吐いた。

そして、ひそひそ話をするように声をひそめて言ってくる。

「……あの、これは絶対に秘密にして欲しいんですが」

「うんうん」

「何ですか一体何をしたんですか」

「…………」

「……実は、ですね。以前天河さんの制服のボタンが取れて、繕《つくろ》ってあげたことがあるんですが、その際にですね、そのボタンに、その……」

青生が言いづらそうに言葉を濁す。

だが、シノはそれだけで察することができた。なるほど、と首肯する。

「盗聴器《とうちょうき》か」

「……………あの、はあ、まあ……………はい」

青生が顔を真っ赤にしながら認める。銀呼と柘榴が驚《おどろ》いたような顔を作った。

「ええっ、そうだったのかい⁉」

「……少し驚きですね青さんはそういうのに興味ないものだと思っていました」

「い、いや！　違うんですよ⁉　決してそういう理由ではなく、私はその、天河さんが危険に巻き込まれたりしたとき、いち早くわかるようにと……！」

青生が慌《あわ》てふためきながら弁明してくる。

シノはそんな青生の肩に手を置くと、その目をジッと見据《みす》えながら言った。

「誤解していてすまない。――八重垣青生。おまえも立派な四天王だった」

「なんだかあんまり嬉《うれ》しくない⁉」

青生が悲鳴じみた声を上げる。

と、シノたち四人がそんな話をしていると、突然《とつぜん》辺りがふっと暗くなった。

一瞬《いっしゅん》、照明でも落とされたのかと思ったが――違う。すぐにシノは、自分の周囲に影《かげ》ができているだけだということに気づいた。

壇上にいた舞姫が、その凄《すさ》まじい脚力《きゃくりょく》で跳躍《ちょうやく》し、シノの頭上にきていたのである。

すぐに、舞姫が重力に従って落ちてくる。シノは反射的にその身体を抱《だ》き留めた。

「あははは！　ありがと、シノ！」

「……何のつもりだ、天河」

シノが半眼を作りながら問うと、舞姫はその姿勢のまま、大きな声をホール中に響《ひび》き渡《わた》らせた。

「──みんな！　提案があるんだ！」

その声に、生徒たちがなんだなんだと振《ふ》り向いた。

「私天河舞姫は、昨日の防衛戦の大功労者、紫乃宮晶《しのみやあきら》を、生徒会役員に推薦《すいせん》します！」

「な……」

シノは思わず眉をひそめた。だが、二の句を発する前に、生徒たちの歓声《かんせい》に声がかき消されてしまう。

「なるほど、それはいい。ちょうど一人いなくなってしまったばかりだしね。……まあ、姫殿《ひめどの》との件は少し話す必要がありそうだけれど」

「……姫さんがそういうのであれば無下《むげ》にはできません無論また尾行《びこう》権を賭《か》けて戦っていただきますが」

「ええ、紫乃宮さんの功績から考えれば妥当《だとう》だと思います」

「おまえたちまで……！」

——果たして防衛都市神奈川は、生徒会役員に潜入《せんにゅう》していたスパイを除く代わりに、暗殺者を擁《よう》することとなった。

◇

すっかり日も落ちて、祝勝会もお開きとなったあと。

一人寮《りょう》の部屋に帰ったシノは、部屋中に貼《は》られた天河舞姫の資料写真を眺《なが》めながら、はあと息を吐いた。

結局あのあと、なし崩《くず》しに話は進み、シノが生徒会入りすることが規定事項《じこう》のようになってしまったのである。

確かに生徒会に入れば、今よりもより舞姫の近くにいることができ、暗殺の機会も増えるだろう。だがそれは同時に、シノの行動や素性《すじょう》を舞姫や四天王たちに知られる可能性があることをも示していた。

それに——たとえ機会が得られたとして、シノは己《おのれ》の頭の中の疑問を解消しなければ、舞姫を殺すことができない気がしていた。

舞姫はなぜ管理局から命を狙《ねら》われているのか。彼女の言った親友とは、ほたるのことなのか。そして……だとしたらなぜほたるは、嘘を吐いたのか。

「…………」

シノは困惑《こんわく》する頭をガリガリとかくと、もう一度息を吐いた。

確かに、わからないことは山積みである。だが、シノのするべきことはわかりきっていた。――観察することだ。

己の目で見て、全《すべ》てを判断する。そしてその上で――舞姫を殺す。

シノは決意を新たにし、グッと拳《こぶし》を握《にぎ》り込んだ。

と、そこで。コンコン、と部屋の扉《とびら》がノックされる。

「――ん？」

シノはぴくりと眉《まゆ》を揺《ゆ》らし、扉の方を見た。

この部屋を訪ねる人間など限られている。きっとほたるだろう。

ちょうどいい。舞姫との関係をもう一度聞いてみよう。シノはそんなことを考えながら扉を開けた。

「どうした、こんな時間に――」

が。言いかけて、シノは身体《からだ》を硬直《こうちょく》させた。

それはそうだ。何しろそこにいたのはほたるではなく――

「こんばんわ、シノ」

何やら背中に大きなリュックサックを背負った、都市首席・舞姫だったのである。

「……何をしている？」

シノが問うと、舞姫は少し申し訳なさそうに頭をかいた。

「うん。あのね、実は來栖の爆弾で私の部屋が半壊《はんかい》しちゃって」

「──ああ」

そういえば、爆弾が爆発したのはＡ地区、舞姫の寮だという噂《うわさ》を耳にしていた。

「それで、直るまで寝《ね》る場所がなくて……少しの間でいいから、泊《と》めてくれないかな？」

「…………は？」

壁《かべ》一面に舞姫の写真が貼られ、机に舞姫の詳細《しょうさい》な資料が積まれ、窓に舞姫の部屋に向けて望遠鏡が固定された部屋の入口で。

シノは、間の抜《ぬ》けた声を発した。

あとがき

はじめましてかもしれません橘公司《たちばなこうし》です。

『いつか世界を救うために ─クオリディア・コード─』をお届けいたしました。いかがでしたでしょうか。お気に召《め》したなら幸いです。

新作ですよ新作。つまり今僕は新人（新作を出した人の略）です。フレッシュ。なので世界はもっと僕を甘やかすべき。

というわけで、世界を救う学園バトルストーキングものという、これまたいろいろとごった煮《に》なお話になりました。変な奴《やつ》らを書くのは大好きなのでへんたい楽しかったです。間違《まちが》えました。たいへん楽しかったです。

基本コンセプトは、せっかくすごい力を持ってるのに、なんだか使い方を間違っている気がしないでもない人たち、です。おまえらそんな力があるなら、もうちょっとこうあるだろ!? と言いたくなるような面子《メンツ》が揃《そろ》いました。

でもたとえ対象が何であれ、一生懸命《いっしょうけんめい》な人って素敵だと思います。弾《はじ》ける汗《あせ》。煌《きら》めく涙《なみだ》。穿《は》き古した靴下《くつした》と盗撮《とうさつ》写真。青春っていいよね。

さて、察しのいい方はもうお気づきかもしれません。

橘公司（Speakeasy）。

はい、なんか名前のうしろに変なのが付いてます。

実はこのお話を書くに当たって無視できない人物が二人存在します。一人は『変態王子と笑わない猫《ねこ》。』のさがら総《そう》さん、もう一人は『やはり俺の青春ラブコメはまちがっている。』の渡航《わたりわたる》さんという作家さんです。

ある日三人で遊んでいて、なんかみんなで二〇代のうちに面白いことやれたらいーねー、という話をしていたところ、三人で共通した世界観を使ってお話を書く、いわゆるシェアワールドをやってみようかという流れになりました。

そこで世界観と設定を作り、その中でそれぞれお話を書いてみようということになり、本作が生まれたわけです。

なので『Speakeasy』は、このシリーズを書くときだけの名前となります。まああまり難しく考えず、状態異常的なものだと思ってくだされば大丈夫《だいじょうぶ》です。橘公司（毒）とか橘公司（バーサク）みたいな。

しなしながら同一の世界観を用いるということは、お話の傾向《けいこう》が似通ってしまうという危険性をはらみます。どうせなら三者三様、個性の色濃《いろこ》いものを作りたいものです。

そこで、ファンタジア文庫大感謝祭２０１４の『俺たちの新企画《きかく》に投票してくれ！』コーナーで展示された僕のプロット『ストーキング・ジャスティス！』のエッセンスを投入してみたら、こんな変異が起きてしまいました。改めて見てみるとなんてひどいタイトルなんだ。


ということで、二〇一五年秋に、さがら総さんの書く『東京編』がMF文庫Jから、その後渡航さんの書く『千葉編』がガガガ文庫から発刊されます。あの二人のことだからきっとすごくすばらしい名作を書いてくれるに違《ちが》いありません。読んだらきっと感動で泣いちゃいますよ。今から期待して待っていましょう（ハードル上げ）。

さらに、ダッシュエックス文庫から発売中のさがらさん＆渡《わたり》さん共著の『クズと金貨のクオリディア』も、同プロジェクトのお話となっております。

とはいえ、全て独立したお話であるので、普通《ふつう》のシリーズと捉《とら》えていただいてかまいません。全部読まなければ意味がわからない！　ということはないので、あまり構えず、気になったものだけ手にとっていただければ大丈夫でございます。

さて今回も、様々な方々の尽力《じんりょく》によってこの本は作られました。

まずはイラストレーターのはいむらきよたかさん。まさか一緒《いっしょ》にお仕事できる日がこようとは。ラフ段階からものすごい熱量を感じるイラストをありがとうございます！　上がってきたイラストを見るたび、荒《あ》れ地《ち》に緑が芽吹《めぶ》くようにやる気が湧《わ》いてくるのを感じました！

毎度お世話をおかけしております担当氏、今回もいろいろと気苦労をおかけして申し訳ありません。

編集部の方々、出版、流通に関わる方々、読者の皆《みな》さん。本当に、ありがとうございます。

そしてさがらさんと渡さんに。才気《さいき》溢《あふ》れるお二人と一緒に仕事ができたのはとても光栄です。でも急に二人でいちゃつき出すのはやめてください！　人前ですよ！（営業）

『いつか世界を救うために　―クオリディア・コード―』は上下巻構想のため、ひとまず次の2巻で話が一段落します。

1巻がお気に召しましたら、シノと舞姫《まいひめ》のお話を見届けていただければ幸いでございます。

では次は2巻、もしくは『デート・ア・ライブ　アンコール4』でお会いしましょう。

二〇一五年六月　橘　公司

富士見ファンタジア文庫

いつか世界《せかい》を救《すく》うために

—クオリディア・コード—

平成27年7月25日　初版発行
平成28年1月30日　再版発行

著者——橘《たちばな》　公司《こうし》（Speakeasy）

発行者——三坂泰二
発　行——株式会社KADOKAWA
http://www.kadokawa.co.jp/
〒102-8177
東京都千代田区富士見2-13-3
電話　03-3238-8521（カスタマーサポート）
印刷所——旭印刷
製本所——本間製本

※定価はカバーに表示してあります。
落丁・乱丁本は、送料小社負担にて、お取り替えいたします。KADOKAWA 読者係までご連絡ください。（古書店で購入したものについては、お取り替えできません）
電話 049-259-1100（9：00～17：00／土日、祝日、年末年始を除く）
〒 354-0041 埼玉県入間郡三芳町藤久保550-1

ISBN978-4-04-070611-5 C0193

第29回 ファンタジア大賞
賞金
大賞300万円
原稿募集中！
最強に面白い作品、
待ってるわよ！
選考委員
第17回受賞
第17回受賞
第20回受賞
葵せきな×石踏一榮×橘公司
「生徒会の一存」「ゲーマーズ！」
「ハイスクールD×D」
「デート・ア・ライブ」
×ファンタジア文庫編集長
締め切り
第29回後期
2016年2月末日
「空戦魔導士候補生の教官」
著：諸星悠　イラスト：甘味みきひろ（アクアプラス）
投稿＆速報最新情報
ファンタジア大賞WEBサイト http://www.fantasiataisho.com/
富士見ラノベ文芸大賞も同サイトで募集中